盲獣

江戸川乱歩

目次

盲獣

レビュー団の女王

十年以前浅草《あさくさ》歌劇全盛時代に、少女歌手として売出した水木蘭子《みずきらんこ》は、今レビュー全盛の浅草に、――浅草の中でも、レビュー第一の帝都座《ていとざ》に、返り咲きをして、水々しい肉体と美しい声の、鬼に金棒で、浅草レビュー界の女王とうたわれていた。

その水木蘭子が、今日はいつにない早起きをして、午前十時頃、上野《うえの》公園の美術館に自動車をのりつけたのである。同伴者は、内弟子の沢君子《さわきみこ》。君子は美貌では座中第一、当時十六歳、水木先生のレズビアン・ラヴァーとやっかまれていた。ついでに云っておくが、先生の蘭子はすでに三十歳を越した、あらゆる意味で、今を盛りと輝きわたる、爛熟《らんじゅく》の花であった。

美術館には、秋の展覧会が開かれていた。レビューの踊子《ダンサー》が美術鑑賞とは、余りにもしおらしい話だが、蘭子が眠いのを我慢して、彼女にとっては早起きの午前十時に、ここへやって来たというのは、わけがあるので、実を云うと蘭子は何も美術観賞などが目的ではなく、彼女のなまめかしい肉体をモデルに製作された、問題の彫刻『レビューの踊り子』を見るために、すなわち大理石にきざまれた彼女自身の肉体美を、つくづく眺め楽しもうために、わざわざ雨の中を、やって来たのである。

彫刻家里見雲山《さとみうんざん》が、人づてに今度の展覧会製作のモデルを依頼した時、蘭子は商売の宣伝にもなる事ゆえ、こころよくモデル台に立つことを承諾し、ちょうど出演契約の切れ目だったのを幸い、半月余りのあいだ、雲山のアトリエに通ったのであった。

むろん大理石像が完成した時には、作者の招待を受けて、見とれるほどよく出来た我が姿の石像を鑑賞したのだけれど、それだけでは物足らぬ。はれがましい展覧会場に陳列された、我が肉体の魅力を、心行くまで眺めないでは我慢が出来なかったのだ。

「先生、これならよく見られてよ。馬鹿に淋《さび》しいのね」

君子が一歩会場に足を踏み入れた時、師匠を顧みて、ややもの足らぬ調子で云った。

「お天気が悪いからさ、静かだろうと思って、わざとこんな日を選んだのだよ」

蘭子は途中の西洋画、日本画には目もくれず、彫刻陳列室へと急いだ。

窓外の細雨《さいう》に、場内は薄暗く、看守の娘達も、うそ寒く淋しげであった。入場者は一区画に一人か二人、それも足音にも気をつけて、場内の静寂を破るまいとしているように見えた。

場内中央の、彫刻大陳列室は、ことさら淋しかった。林立する無言の彫像どもが、異国の廃墟《はいきょ》へでも迷い込んだように、もの凄く森厳《しんげん》に感じられた。

男の裸像《らぞう》どもは、筋肉という筋肉を、筋ばるだけ筋ばらせて、猛獣のように立ちは

ていた。

　女の裸像どもは、腿《もも》をすぼめて、恥かしそうにしているのや、あらゆる恥部《ちぶ》をさらけ出して、弓のようにそり返っているのや、みだらに寝そべっているのや、そのことごとくが異様に誇張《こちょう》されて、肉体の作りなす美という美が、はれがましくも、群がっていた。

　見物人は、あちらに一人、こちらに一人、それも彫像の蔭《かげ》に物《もの》の怪《け》のように隠顕《いんけん》するばかりである。恐ろしいような静けさだ。

「先生、ちょっと、まア、気味がわるい、アレ、ごらんなさい」

　君子が突然、先生の洋服のスカートを引っぱるようにして、強くささやいた。

　彼女の目のさし示すところに、問題の蘭子の大理石像があった。ほとんど等身大《とうしんだい》の純白の蘭子が、全裸体で、異様に身をかがめ、ある舞踊の姿勢を取ったまま、凝り固まっているのだ。一《ひ》と目《め》それを見たものは、ハッとして、思わず立ち止まるほど、放胆《ほうたん》な、何とも云えぬすばらしい出来ばえ。この彫像が特選に入賞したのはむしろ当然である。

　見ると、その彫刻の台座に昇りつくようにして、熱心に観賞している一人の人物があった。いや、観賞と云っては当たらぬ。彼は決して見ているのではない。まるで犬や猫を可愛がるように、滑《なめ》らかな大理石の肌を、両手をひろげて、撫でさすっていたからだ。

「まア、あの人、なにをしているのでしょう」

さすがの蘭子も、この有様に、ポッと赤くなって立ちすくんでしまった。

「きっと、先生の崇拝者《すうはいしゃ》よ。でも、いやねえ。あんなに撫で廻したりして」

君子は我が事のように気味わるがった。

その人物というのは、むろん男で、もう三十四、五歳の分別盛《ふんべつざか》りの年配だ。黒の冬外套《ふゆがいとう》を着て、黒い鳥打帽《とりうちぼう》を、眉が隠れるほどもまぶかくし、大きな青ガラスの眼鏡をかけている。外套の下からチラチラ見えるのは、上等の大島紬《おおしまつむぎ》だ。紳士である。それが、たとえ誰が見ていないと信じていたにもせよ、このざまは何事だろう。

蘭子達は、別の彫刻の台座の蔭に身を隠して、じっと男の様子を見ていたが、しばらくすると、彼が決して正常な人間ではないことがわかって来た。

この紳士は盲人なのだ。頭を下げて、目は自分のふところを眺めるような姿勢で、小首をかしげながら、両手だけがまるで不気味な触覚のように、ヘラヘラと彫刻を撫で廻している様子は、どうしても盲人としか思えない。

「めくらよ、あの人」

「そのようだわね」

なるほど、盲人だとすれば、ああして撫で廻して見るほかに、観賞の仕様がないわけだ。しかし、それにしても、第一めくらが美術展覧会を見に来るというのもおかしい話だし、ただ観賞するにしては、あの撫で廻し方は、あまりにも執拗《しつよう》である。君子のいうように、盲人のくせに蘭子の名前にあこがれる、生意気な崇拝者の一人なのであろうか。

触覚ばかりの人間が、恋人の裸像を愛《め》でる有様は、ゾッとするほど、もの凄いものであった。

滑らかな大理石の肌を、五本の指が、蜘蛛《くも》の足のように、不気味に這い廻った。目――鼻――口――男は花びらのような唇を長いあいだ楽しんでいた。それから、胸――腹――腿と、全身を撫で廻す手の平。

撫でられているのは、彼女自身の彫像なのだ。肉体のどんな小さなふくらみも、どんな小さな窪《くぼ》みも、如実《にょじつ》に刻み出された彫像なのだ。

蘭子は見ているうちに、不思議な錯覚に陥って行った。大理石像と彼女自身の肉体とが、異様にこんぐらかって、男の不気味な手の平が、直接我が肉体を撫で廻しているかのように感じられるのだ。ムズムズと、全身を虫の這うような、何とも云えぬ感触。彼女は思わず両手で胸を押えて身をかがめた。男の手の平が石像の乳のあたりに行ったからだ。彼女の乳房の鋭敏な神経が、直接それを感じたのだ。

くすぐったい感じが、だんだん、焼きつくような痛みに変わって行った。彼女は、身体《からだ》のあらゆる部分に、それを感じた。まっ青な顔に、あぶら汗がにじみ出して来た。さすがの三十女も泣き出しそうな渋面《じゅうめん》になった。

顔をそむけても、見なければ見ないで、よけい不快な想像がわく。

「先生、ここの番人に云いつけてやりましょうよ。なんぼ何でもあんまりひどいわ。黙っていることはありゃしない」

君子が憤慨してささやいた。

蘭子も、もう我慢が出来なかった。

「エエ、そうしよう。世の中には、いやな奴もあったものねえ」

二人は相手に知れぬように、陳列室を出て、廊下を歩いていた制服の男を見つけた。

「ハ、そうですか。どうもけしからん奴だ。待っていらっしゃい。追っぱらってきますから」

男は、蘭子の名前も顔も知っていたので特別の好意を示し、早速彫刻室へ走っていったが、やがて、曲り角まで戻って来て、

「もうあすこには、誰もいませんよ。だが、どんな奴でした。まだその辺をウロウロしているかも知れない。あなた方、一度見てくれませんか」

と声を低くして云った。

そこで、君子がお師匠様の命《めい》を受けて、怖々《こわごわ》行って見ると、広い彫刻室には、二、三の見物人がいたけれど、さっきの盲人の姿はどこにもなかった。

「まア、す早い奴、いつの間に逃げてしまったんでしょう」

君子があきれて叫んだ。

出口の方の廊下は、ずっと向こうまで見通しになっている。そこにも人影さえないのだ。見物人達に尋ねても、誰も気づかなかったらしく、答えるものはなかった。

蘭子達は、もう彫刻を見る気になれず、腹立たしく、そのまま会場を出た。

外には、秋の細雨が、シトシトと、陰気に降りしきっていた。

「何だか変ね。どうしてあんなにす早く逃げることが出来たんでしょう。ひょっとしたら、私達、幻《まぼろし》を見たんじゃないかしら」

君子が不気味そうに云った。

「まア、おどかしちゃいやだわ」

蘭子は思わずゾッとして、顔色を変えた。

浅草の小屋へ出勤してからも、その日一日、あの盲目の蛇のような、執念深い男の愛撫《あいぶ》が、肌について、忘れようとしても忘れることが出来なかった。

「アア、いやなものを見てしまった。美術館なぞへ行くのじゃなかった」

彼女は、それが何か恐ろしい出来事の前兆のように思われて、気に病まないではいられなかった。

うごめく触手

そのことがあって三日ばかり後のある夜、水木蘭子の自宅での出来事だ。

彼女は舞台をすませて宅に帰ると、一日の疲れを休めるために近所の按摩《あんま》を呼ぶ習慣になっていた。

その晩も、寝間着《ねまき》になって、寝室の蒲団《ふとん》の上に坐って、待っているところへ、女中に手を引かれた按摩さんがはいって来た。

蘭子は、(注1)楽屋風呂《がくやぶろ》のほとぼりが、まださめきらぬ身体を按摩にゆだねていたが、どうも揉《も》み方があまり上手でないのに気がついた。

「按摩さん、初めてだわね。近頃あすこの家《うち》へ来たんですか」

と聞いて見ると、下手《へた》くその癖に、しかつめらしい三十面《づら》の男按摩は、妙な咳《せき》ばらいをして、

「へエ、二、三日前に参りましたんで、ちょうど今晩は、いつもこちら様へ参るものが、仕事に出て居りましたもんですから、代理でお気に召しますまいが」

と、いやみらしく答えた。

「そこを、もっと強くして下さいな」

蘭子は癇癪《かんしゃく》を起こして、肩をゆすぶりながら云った。

「へへへへ、ここんところでございますか」

按摩は、妙な笑い方をして、ちょっと力を入れたが、すぐ又元の下手くそな揉み方になって、揉むというよりは、撫で廻すのであった。それが、何となく、長襦袢《ながじゅばん》を隔てて、蘭子の豊かな肌ざわりを楽しんでいるようにさえ思われるのだ。

「ああして、一日舞台に出ていらしっては、さぞかしお疲れでございましょうね」

按摩は、蘭子の肩を撫で廻しながら話しかける。

「お前さん、私の商売を知っているの」

蘭子も仕方なしに相手になる。

「それやもう、よく存じて居《お》りますよ。この近所でも、評判でございますからね。レ

ビューの方では日本一の女優さんだってね。わたくしも目があいていたらと思いますよ。その大評判のお方を、こうして揉ましていただきながら、目くらの悲しさに、美しいお顔を見ることも出来ないのでございますからね」

何という、いやらしい奴だ。蘭子は、よっぽど「もう揉まなくてもいいから、帰って下さい」と云ってやろうかと思ったが、相手は按摩だ。どこへ行って、何を喋《しゃべ》るか知れたものでないと思うと、人気稼業の悲しさに、強いことも云えぬのだ。

按摩め、図《ず》に乗って、お喋りを続ける。

「それでも、有名な女優さんとお話も出来ますし、その上肌にまで触れさしてもらえるのですからね。按摩って商売は、考えて見れば、有難いものです。こちら様の舞台姿にあこがれている、若い人達が聞いたら、さぞ羨《うらや》ましがるこってしょうね。あの連中と来たら、好きな女優さんの絵葉書を抱いて寝るというほどなんですからね」

按摩はますますいやなことを云いながら、くすぐるように、わきの下のうしろを揉んでいたが、次は腕だ。左手で蘭子の手を握り、右手で肩から手首へと揉みおろす。

按摩のニチャニチャした手の平と、蘭子の手の平とが、ベッタリくっついていて、ある箇所を揉む時には、その手の平を握っている指先にグッと力がはいるのだ。気味がわるいと云ったらない。

腕がすむと、又肩に戻って、今度は胸の辺まで、撫でおろすように手が延びる。その拍子に、何気ないふうで、指先がチョイチョイ乳房に触れるのだ。

「そこは、もういいんです」

「アア、左様でございますか。エヘヘヘヘ」

といやな笑い方をして、手を引くが、いつとはなく、知らぬ間に、又胸の方へ、蜘蛛の足みたいな指先が、延びて来る。

蘭子は、その不気味な感触から、ふと先日の美術館のことを思い出した。あの時、撫で廻されていたのが大理石の彫像ではなくて、自分の身体であったら、ちょうどこんな感じがしたに違いないと思うと、気のせいか、この按摩の手の平の這い廻る様子が、あの時の男のやり方そっくりに感じられる。

美術館の男は、鳥打帽を深くかむって、大きな色眼鏡をかけていたので、容貌はわからぬが、あの男もちょうどこの按摩みたいないやらしい顔をしていたのではないかしらと思うと、ゾーッと寒気がして、もうどうにも我慢が出来なくなった。

「按摩さん、勝手だけれど、今日はもう、それまでにしておいて下さい。疲れてしまって、眠くって仕様がないから」

いつもは、横になって、腰の方を揉ませながら、平気で寝入ってしまう彼女であったが、今晩は、とてもそんな気にはなれぬ。いや、ほんとうは眠くも何ともないのだけれど、それを口実に、一刻も早くこの按摩の不気味な触手から離れたかったのだ。

按摩は、残り惜しげに療治をやめて、「有難うございました」と礼を云って帰って行った。その「有難う」というのが、美しい女優さんを揉ませてもらって有難うというふうに聞えて、蘭子は彼が帰ってからも、しばらくの間、身体中がムズ痒《がゆ》いような不安を感じないではいられなかった。

その晩はそれで済んだのだが、翌晩《よくばん》になって、いつもの時刻に今度は顔馴染《かおなじみ》の若い按摩がやって来たので、「ゆうべは、お前さんが来てくれぬものだから、困ってしまった」と小言を云うと、若い按摩はけげん顔で、

「だって、あなたの方から断わりにいらしったんじゃありませんか」というのだ。

「いいえ、断わりになんかやるものですか、お前さんはわきへ仕事に行ったからといって、代わりの人が来たじゃないか」

「代わりの人が？　ヘエ、こりゃおかしい。ゆうべ、あたしが、こちらへ伺う積《つも》りで家《うち》を出ますとね、出合いがしらに、こちらのお使いだという男の人が、私をつかまえて、先生は今夜帰りが遅くなるから、来なくってもいいといったのですよ。それで、ほかへ廻っちまったんです」

何だか話が変である。

「男の人って、うちには使いにやるような男の人なんていやしないわ。ほんとうに私の家から来たといったの?」

「エエ、たしかに水木とおっしゃいました。声の様子では、三十五、六の男の人です」

それを聞くと、蘭子はギョッとして、

「変にしわがれた、浪花節《なにわぶし》語りみたいな声じゃなかった?」

「そうそう、そんな声でしたよ。何だかいやにネチネチした物の云い方をする人でした」

蘭子はもうまっ青になって、声を震わせながら、せきこんで尋ねる。

「それで、あの、お前さんのとこへ、二、三日前に来た新しい按摩さんで、三十五、六の人がありやしない?」

「いいえ、そんな人ありませんよ。もう一年も前から、家《うち》には先生のほかに、弟子は私達三人きりなんです」

果して、果して、ゆうべの奴は贋物《にせもの》であった。先《ま》ず本ものの按摩を断わっておいて、自分が同じ家の按摩に化けてやって来たのだ。

だが、あいつは、一体全体何のためにに、そんな策略を弄《ろう》して、わざわざ蘭子を揉みに来たのであろう。ただ、この有名なレビューの踊り子と言葉をかわし、その肌に触れたいためとしか考えられぬではないか。

道理こそ、あいつ、いやに身体を撫で廻すと思った。もしかしたら、あれは、この間、美術館で蘭子の彫刻を愛撫していたあの薄気味のわるい男と同一人ではあるまいか。彼は、間接に大理石の肌ざわりを楽しむだけでは満足が出来ず、盲目を幸い、按摩に化けて、大胆にも、蘭子の触感を盗みに来たのではないかしら。

「きっとそうだわ。そうに違いないわ」

蘭子は按摩をすませて、床にはいってからも、そのことばかり考えていた。何という執念深い盲人の恋であろう。恋には慣れた蘭子であったが、こんな不気味な経験は初めてだった。

だが、この出来事がこれだけで済んでしまったのなら、めくらが、奇妙な方法で女の肌を盗んだという、珍聞《ちんぶん》を残したに過ぎないであろうが、この不気味な盲人の執念は、決してそんな生やさしいものではなかった。

執念の花束

それから又数日たって、ある日蘭子がこれから舞台に出ようとして、半裸体のすさまじい姿になって、鏡台の前で最後の化粧をしているところへ、浅草の興行界では顔なじみの、花屋の若い者が、恐ろしく立派な花束を持ち込んで来た。

「蘭子さん、ごひいき様からです」

若者はニヤニヤ笑いながら、花束を楽屋の入口に置いた。

「まア、素敵な花束ねえ。一体どなたから」

蘭子は、一目《ひとめ》見ると、驚喜の叫びを発して、その贈り主を尋ねた。花束などを直接女優の部屋へ持ち込むのは珍しいことであったし、第一、こんな立派な贈り物を貰《もら》ったのは、蘭子にしてはほとんど前例のない出来事だ。

「贈り主は、蘭子さんが、先刻ご存知でしょう。わっしの方は、ただひいきからだといって、御注文を受け、代金を頂いたばかり、先方様の名前も知らないのですよ」

若者は空《そら》うそぶいている。

「変ねえ。ほんとうにお名前を知らないの？」

「心当たりがないのですかい。そんなはずはないのだがねえ」

若者は妙な顔をして、「しかし、わっしは、これを届けさえすりゃ、用事はないのだ。あとはそちらでよろしくやって下さい」

と云い捨てて、サッサと帰って行った。

花束に名刺でも添えてないかと、探して見たが、何も見つからぬ。そうこうするうちに、浅草の興行はあわただしい。もう開幕のベルだ。蘭子は疑問の贈り物を楽屋に残したまま、舞台へと駈けつけた。

十年間も舞台生活をしていると、別段舞踊の素養がなくとも、何とか一と幕くらいの振りは創作出来るものだ。今度の幕は、プログラム中の呼び物、蘭子の立案になる、踊りと歌の一人舞台である。

蘭子は舞台中央に進んで、にこやかな舞台顔を作り、手を上げて合図をした。スルスルと巻き上がる緞帳《どんちょう》、ムッと襲い来る人いきれ、ゴーンと始まるピアノの伴奏。

「水木——ッ」「蘭子ちゃあ——ん」

不良少年や半纏《はんてん》着《ぎ》の兄さん達の胴間声《どうまごえ》。

それらのものが、甘いお酒のように、蘭子に作用した。彼女は見物の有像無像《うぞうむぞう》を、脚下に見下ろして、いい心持になって踊りの第一歩を踏んだ。

やっとお尻を覆い隠す薄絹の衣裳。手も足もむき出しの原始踊り、ハワイあたりから発生して、世界の檜舞台《ひのきぶたい》を征服した、十数世紀昔の、単調なる夢幻的音楽、野蛮部落の盆踊り。それを日本化し、蘭子化した、一種異様な舞踊が始まった。

彼女は踊りながら、嫋々《じょうじょう》たる南国の哀歌を歌った。物悲しく、なげやりで、しかも挑発的《ちょうはってき》な、椰子《やし》の葉蔭の恋歌を歌った。愛《いと》しのジョセフィン・ベイカアが、お尻をふりふり、パリーのミュージック・ホールで歌ったであろうように。

若い見物達は、メソメソと泣き出したいような、甘い陶酔《とうすい》にひたって行った。行儀《ぎょうぎ》のわるい不良少年も鳴りをひそめて、レビューの女王の一挙手、一投足に見入っていた。

まばゆいフットライトに、ギラギラ光るレイヨンの太腿《ふともも》が、舞台ばなに顎《あご》をのせて、ポカンと口をあいて、瞬《また》きもせず見上げている勇敢なる見物の頭の上を、桃色の巨大な蛇のようにのたうち廻った。

蘭子は思い切り足を跳《は》ね上げながら、或いはいとも微妙に腰部を振り動かしながら、耐え難き流し目で、見物席をチロチロと眺めた。彼女の演技に、人々がどんなに酔っているかを、確かめるためだ。

どの顔もどの顔も、阿呆《あほう》に見える。彼女は光り輝く女王様で、見物達はすべて、その女王様に、果敢《はか》ない思いを寄せている、身分いやしき家来どもだ。いや、取るにも足らぬ奴隷《どれい》どもだ。

だが、その中に、たった一人、阿呆でない男がいた。少なくとも阿呆に見えぬ男がいた。彼は平土間《ひらどま》の中ほどに腰かけて、じっと首をかしげて、物思いにふけっている。なまめく踊りを見ようともしなければ、まして、ポカンと口をあいてもいない。目は大きな黒眼鏡で覆われているが、決してこちらを見ている様子ではない。全視線一斉に蘭子を見つめている中に、ポツンと、一人だけ、不気味な異端者《いたんしゃ》だ。

蘭子は踊り始めると間もなく、その男を発見した。そして、踊りながら、ただその男だけに注意を払っていた。これでもか、これでもか、となやましき姿態《したい》の限りを尽すのだが、男は不感症《ふかんしょう》のように見向こうともしない。しまいには蘭子の方で怖くなった。

「まア、なんて変な奴だろう。あいつは、一体ここへ何を見に来たんだろう」

彼女の踊りを見てくれないと思うと、蘭子はかえって、その男に心惹《ひ》かれた。何だか、その男だけが自分より偉いものに思えた。

しばらくすると、男が何を思ったのか、ヒョイと黒眼鏡をはずして、彼女の方へ顔を向けた。

蘭子は踊りの順序で、クルッと一と廻りしたところだった。そして、正面を切った時、眼鏡をとった男と、パッと顔を見合わせた。

男は「蘭子さん、わしだよ」と云わぬばかりの面持《おももち》で、のび上がるように舞台を見上げていた。そのくせ、両眼は縫いつけたように、固くとじているのだ。めくらなのだ。彼が先程から舞台を見なかったのは、見ようにも目がなかったのだ。

「ハッ」と息を呑むと、蘭子の歌が途絶《とだ》えた。踊りの手が乱れ、足がくずれた。彼女の異様な仕草《しぐさ》にびっくりした見物席は、一刹那《せつな》、墓場のように静まり返った。蘭子は倒れそうになるのを、やっと踏みこたえて、額に手を当てると、無理にしぼり出すような笑顔を作った。そして、舞踊を続けようと努力した。

だが、どうにも我慢が出来なかった。

彼女はすべてを悟った。美術館で大理石像を撫で廻していたのも、贋按摩になって彼女の肌をもてあそんだのも、さっき花束を贈ったのも、みんな、みんなこの男であったのだ。アア何と恐ろしい執念。蛇は獲物を前にして、じっと息を殺し、機会の来るのを待ち構えているのだ。

蘭子は病気をよそおい、楽手達に合図《あいず》をして、舞踊を中途で切り上げると、楽屋へ駈け込んでしまった。

「まァ、先生どうかなさいましたの」

内弟子の君子が、びっくりして、うしろから追いすがって来た。

「君ちゃん、お前ね、さっき花束を持って来た花屋の若い衆を探し出して、ここへ連れて来ておくれ。まだその辺に遊んでいるだろうから」

「あの人がどうかしたんですか」

「何でもいいから、早く連れて来るんだよ」

先生の一喝《いっかつ》に会って、君子はあわてて、楽屋口へ出て行った。

蘭子は見舞に来る弟子達がうるさいので、部屋の戸を締め切って、イライラしながら待っていると、幸い、若い衆は近所にいたと見えて、間もなく君子と一緒にやって来た。

蘭子は例の立派な花束を、何か怖《こわ》いものでもあるように、おずおず指さしながら、

「これを頼んだ人に、お前さん逢ったのかい」

と尋ねて見た。

「逢ったよ。だが、どこの誰だか、見たこともない人さ。それがどうかしたの？」

若者はけげん顔に答える。

「で、その人の目は？　黒眼鏡をかけてやしなかった？」

「ホーラごらん。知ってるくせに。おっしゃる通りでございますよ。黒眼鏡をかけた、めくらの旦那でございましたよ」

果して、あいつだ。蘭子は余りの気味わるさに、眼の前が暗くなるような気がした。

「いいのよ。いいのよ。もうお前さんに用はないのよ」

彼女は若者の腹かけのどんぶりにお札《さつ》を入れてやって、ツイと窓の方を振り向いてしまった。

「オヤオヤ、今日は蘭子さんどうかしていらっしゃるよ」

捨てぜりふで若者が出て行くと、蘭子は例の花束を乱暴につかみ上げて「チェッ」と舌うちしながら、窓の外へ投げ出した。

ちょうどその時、窓の下を通りかかった、浅草名物のチンピラ乞食が、時ならぬ花の雨に、びっくりして窓を見上げたが、誰が捨てたのかとわかったので、口笛を吹き鳴らしながら、それを拾い集めて、ヒョロヒョロと、どこかへ姿を消してしまった。

× × × ×

しばらくして、君子に命じて客席を覗《のぞ》かせて見ると、もう不気味な盲人の姿はなかった。彼は充分目的を達して、小屋を出て行ったのであろう。

盲人が去ったと聞くと、病気を云い立てて帰宅する積りでいた蘭子も、気を取りなおして、又舞台へ出ることにした。

もうそれからは、レビューがはねるまで何の変わった事もなかった。ただ、蘭子のところへ、彼女の愛人、小村昌一《こむらしょういち》から電話が掛かって来たほかには。

「先生、昌ちゃんよ」

忠義な君子が、我が事のようにはしゃいで、電話を取りついだ。

「今夜都合はどう？」

蘭子の若いパトロンが、可愛らしい声で、電話の向こうからささやいていた。

「エエ、いいわ。どこ？　いつもの所？　それともうちへいらっしゃる？」蘭子も相好《そうごう》をくずして、うきうきと答えた。

「僕もう来ているんだ。いつものうちへ。もうはねる時分でしょう。じゃあね、これから自動車を迎えに出すからね。僕行くといいんだけど、みんなに会うとうるさいから」

「エエ、じゃあ、そうしますわ」そして、電話が切れた。

「先生お楽しみ」

君子がお世辞を云った。

「誰にも云わないでね」

「そりゃもう、心得てますわ」

というようなことがあって、さて、座がはねると、約束の車が楽屋口に着いた。踊り子達には、それぞれパトロンがあって、毎晩その時分になると、楽屋口には、意気な背広にステッキを振り廻しているのや、インバネスに顔を埋めたのや、さまざまのお迎えがやってくる。自動車とても珍しくはないのだ。

蘭子が安物の毛皮の外套に身を包んで、楽屋口を出ると、自動車から運転手が走って来て、彼女の耳に、「小村さんからでございます」とささやいた。

蘭子は人目をかねるように、小走りに自動車の中へ姿を隠した。

車が走り出した。と、不思議なことに、ちょうどその時、別の自動車が楽屋口に止まったかと思うと、又運転手が飛び降りて、そこに居合わせた番人に尋ねた。

「水木蘭子さんのお迎えです」

「蘭子さんは、たった今帰ったばかりですよ。どこからです」

番人は不審そうに答えて、運転手をジロジロ眺めた。

運転手は困ってしまって、「なに、いいんです」とごまかして、その場を立ち去ったが、この自動車こそ小村昌一からよこしたものであった。

とすると、先の車は、一体どこから来たのだ。なぜ小村の名を騙《かた》って蘭子をおびき出したのであろう。何も知らぬ彼女は、それから、どこへ連れていかれたのか。そして、どんな目にあったのか。

鏡の裏

蘭子は彼女の乗った自動車が、小村昌一からのものと信じきっていた。だが、しばらく走ると、どうやらいつもの家とは方角が違うことに気づいた。

「運転手さん。どこなの、一体」

「エヘヘヘヘ」

運転手の奴、変に笑うばかりで答えない。失敬な、こいつレビューなんて知らない武骨者《ぶこつもの》の、どうせ左傾趣味しか持たない奴にきまっている。水木蘭子を何だと思っているんだ。

「一体小村さん、どこで待っているのさ、ハッキリ云わなければ、降りちまうわ」

「困ったなあ、旦那がね、教えちゃいけないって云うんです。何だかあなたをびっくりさせる積りらしいんです」

それなら、強《し》いて聞かない方がいい。折角《せっかく》昌ちゃんが苦心をして趣向を立てたんだ。

ぶちこわすことはない。相変わらず茶目《ちゃめ》さんだわ。愉快愉快。金持の不良少年なんて、ほんとうに話せるわ。

車が止まったのは麴町《こうじまち》の住宅街、大家《たいけ》らしい立派な門構えの邸《やしき》だ。玄関に横づけになると、しとやかな女中さんが出迎えた。

「私、水木というものですが、小村さんは……」

「エエ、お待ち申して居りました。どうぞこちらへ」

何だか変だと思ったけれど、話がスラスラ運ぶので、女中について奥へ通った。長い廊下の突き当たりに、壁一杯の大鏡がはめ込んであった。向こうからも、洋装の女と和服の女中さんが歩いてくる。

オヤ、変だぞ。この女中さん何を戸惑《とまど》いしているのだろう。廊下を曲がらず、行きどまりの鏡に向かって、ズンズン歩いて行く。

「アラ、そちら行きどまりではありませんの」

思わず注意すると、女中は笑い出して、

「ホホホホ、いいんでございますよ」

と云いながら、壁のある箇所をどうかすると、その大鏡が、音もなく、スウーッと廻転して、広い通路が出来た。いわゆるガンドウ返しだ。

まア、麴町のまん中に、こんな変てこな仕掛けをした家があるのかしら。蘭子は夢を見ているのではないかと疑ったほどだ。

「どうぞ」

女中が小腰をかがめて、今出来たばかりの通路を指さした。今まで先に立っていた彼女が、そこで、もう案内を中止する積りらしい。

「あなたは？」

「あの、わたくしどもはここから向こうへは、はいっていけないのでございます」

ますます変だ。

「でも、この中、まっ暗じゃありませんか」

「エエ、けれども少しも危ないことはございません。壁を伝ってまっ直ぐにいらっしゃればいいのでございます」

何てご念の入った趣向だろう。面白いには面白いけれど、少し不気味でもある。

「小村さん、この中にいらっしゃるのですか。あの、すみませんけど、ここへ呼んでいただけないでしょうか」

「ホホホホホホ」不作法によく笑う女中だ。「きっとそうおっしゃるだろうが、呼びに来てはいけない。お客様お一人ではいっていただくようにって、お云いつけでございますの」

昌ちゃん。いたずらが過ぎるわ。この夜更けに、こんなまっ暗なとこへはいって来いなんて。いっそ帰ってやろうかしら。でも、何だか面白そうだし……と、蘭子はしばらく思案していたが、とうとうはいって見る決心をした。それが彼女の運の尽きであろうとは、夢にも思わず。

「じゃ、あたし、行って見ますわ」

「エエ、どうぞ」

女中め、やっぱりニヤニヤ笑っている。

蘭子は壁に右手を当てて、暗闇の中へおずおずと進んで行った。いやにツルツルとすべっこい壁だ。床《ゆか》には厚い絨毯《じゅうたん》が敷《し》いてあると見えて、そこへはいるなり足音が少しもしなくなった。

二間ばかり進んだ時、暗闇が一層暗くなり、うしろからスーッとかすかに空気が流れて来るのを感じて、振り向いて見ると、いつの間にかガンドウ返しの鏡が、元どおり締まって、毛筋ほどの光もなくなっていた。

蘭子は何かしらゾッとした。もうこれっきり、二度と娑婆《しゃば》へ出られないのではないかと、何ともいえぬ淋しい、頼りない感じがした。

駈け戻って、鏡の裏を押して見たけれど、機械仕掛けと見えて、手で押したくらいではビクともせぬ。まるでコンクリートの壁のように頑丈《がんじょう》だ。ああ、とうとう閉じこめられてしまった。だが、きっと、こうしておどかしておいて、今にバアッと、昌ちゃんの笑い顔が現われる計略に違いない。あの茶目さんは、これまでだって、ずいぶんあくどい悪戯《いたずら》をしたことがあるのだもの。と、蘭子はお人好しにもまだ事の真相《しんそう》を悟らず、呑気《のんき》なことを考えていた。どういうわけか、昼間の怪盲人のことは、少しも思い出さなかった。

しかし、不気味は不気味だし、第一まっ暗でどうすることも出来ないので、彼女は壁を伝って、少しずつ、少しずつ前進しながら、頓狂《とんきょう》な声で、

「小村さーん。昌ちゃーん」

と呼び立てた。

「早く出ていらっしゃい。でないと、あたしもう、帰りますよ」

だが、暗闇は墓場のように静まり返って、何の答えるものもない。

と、闇の中で、又しても、行き止まりの壁にぶつかった。探して見ても、曲がり道はない。そこは、どこにも出口のない、長方形の箱みたいな場所であることがわかった。

押入れかしら、押入れにしては、奥行が深すぎる。それとも物置きかしら。でも、物

置きの入口がガンドウ返しも変である。それは何《いず》れにもせよ、さし当たり困るのは、出口の見つからぬことだ。

仕方がないので、彼女は行き当たりの、やっぱりいやにツルツルした壁によりかかっていると、突然足の下の床《ゆか》が、消えてなくなった感じで、心臓が喉のところまで飛び上がって来た。

「アレッ、助けてエ」

思わず、恥かしい叫び声を立てたが、もうおそかった。床の部分が、芝居のせり上げみたいに、くり抜いてあって、それがズンズン下へ降りて行くのだ。壁は例のツルツルで手を掛ける箇所もない。

昌ちゃんのいたずらにしては、度《ど》が過ぎる。ひょっとしたら……。彼女はほんとうに怖《こわ》くなった。

床は一丈（注2）ほど下に下がって、ピッタリ止まった。奇妙なエレベーター仕掛けの地下室だ。

「蘭子さん、驚いたかい」

どっか、遠くの方から男の声が聞こえて来る。

「昌ちゃんなの？」

飛びつくように聞き返す。

「ウン」

「ひどいわ。あんまり。ここ一体誰の家《うち》なの？」

蘭子は、怨《えん》じながら、二、三歩声の方へ歩いたが、その隙に、今まで乗っていた床が、スーッと又天上して行くのが感じられた。二重にとじこめられてしまったわけだ。もう何ともがいたとて逃げ出す方法はない。闇の中の声の主《ぬし》が、唯一のたよりだ。

「暗くって、何が何だかわかりやしない。気味がわるいわ。ここにあかしはないの」

「ウン、今つけて上げるよ」

と同時に、パッと天井《てんじょう》に電燈がついた。薄暗い光だけれど、闇に慣れた目には、まぶしいくらいだ。

見るとびっくりした、地下にこのような立派な部屋があろうとは。二十畳も敷けそうな、広い空洞《くうどう》。しかもそれが、まるで別世界へでも来たような、不思議な構造だ。いや、不思議といったくらいでは及ばぬ。一目《ひめ》見たばかりでギョッとするような気違いの設計だ。

蘭子は、余りのことに、又しても、夢を見ているのではないかと、疑わないではいられなかった。

悪魔の曲線

その奇怪な地下室の構造を、どう説明したらよいか、恐らく、この世の言葉では、完全に語り得ない種類のものであった。

先《ま》ず最初、パッと目をうつのは、何とも形容の出来ない、不快きわまる、色彩の混乱であった。

色彩の雑音《ざつおん》。色の不協和音《ふきょうわおん》だ。人を気違いにする配色というものがあるならば、きっとこのようなものであろうと思われた。

強い色彩は一つもない。全体が陰気な灰色の感じだが、その中に、まるで不気味な腫物《はれもの》か、あざのように、或いは検微鏡で見たバクテリヤ群のように、種々雑多の異った色彩が、全く不統一に、滅茶苦茶に、入り乱れ、のたうち廻っていた。

もっとわかり易い比喩《ひゆ》を云うならば、諸君は小学校で、分解人体模型《ぶんかいじんたいもけい》の、胃《い》の腑《ふ》や肺《はい》の臓《ぞう》の内側を見せられたことがあるであろう。あの何とも云えぬ恐ろしい色彩を、もっと灰色にしてべらぼうに拡大したものを想像すれば、ややこの部屋の感じに近いのだ。

が、だんだん目が慣れるに従って、それは塗料を塗ったものではなく、壁にしろ床にしろ、種々さまざまの異った材料を組み合わせて作ってあるために、その材料の生地《きじ》の色の違いから生じた、色彩の混乱であることがわかって来た。

しかも、壁も床も、決して平面ではなく、やっぱり胃の腑の内臓のように、恐ろしくでこぼこなので、それの作る陰影《いんえい》が加勢して、よけい変てこな、気違いめいた色彩に見えるのだ。

では、そのでこぼこは、彫刻なのかというに、彫刻と云えば彫刻に相違ない。毛彫《けぼり》のように手のこんだ箇所さえあるのだが、普通我々が彫刻と名づけているものとは、まるっきり違っている。

どこの展覧会でも、どんな古い建築物でも、或いは諸外国の彫刻写真でも、かつてお目にかかったこともないような、これもまた気違いの彫刻である。

群がり乱れたでこぼこが、それぞれ何かの形をしているには相違ない。だが、それが何をかたどったものだか、てんで見当もつかぬのだ。人でもない。獣類でもなければ、魚や鳥でもない。植物ではなおさらない。といって、自然の景色や人工の品物をかたどったものでもない。色彩がそうであると同じ意味で、この入り乱れ波うつでこぼこの壁や床も、人を気違いにする種類のものであった。

「昌ちゃんどこにいるの？　もう、堪忍《かんにん》して。あたし、気が違いそうだわ」

蘭子はクラクラとめまいを感じて、その不気味な壁に手を支えながら、悲鳴を上げた。

「ウフフフ……どこにいるか、当ててごらん」

壁の向こう側から響いて来る含み声だ。当てて見なと云われても、この部屋は一つの大きな洞穴のようなもので、どこにも出入口はない。どうして壁の向こう側へ行くのか見当がつかぬ。不思議はそればかりでない、どうやら男の声が小村昌一ではなさそうだ。

けれども、蘭子は、その声を疑っている余裕がない。もっともっと、変てこなことがあったからだ。今何気なく手をついた壁の、何とも云えぬ異様な手ざわりに、非常な驚きを感じたからだ。

壁のその部分には、お椀をふせたような突起物《とっきぶつ》がウジャウジャと群がっているのだが、その一つをヒョイと押さえると、こんにゃくみたいにブルッと震えて、押さえた箇所が窪んだではないか。しかも、それは生あたたかくて、まるで生きた人間の肌にふれたような手ざわりなのだ。

蘭子は、ギョッとして手を引っ込め、よくあらためて見るとそのお椀ほどのイボイボの部分は、薄赤いゴムで出来ているらしく、温度は裏側から何か仕掛けがしてある様子だ。

まア、これ人間の乳房とそっくりの手ざわりだわ。気味がわるい。

ふっくらとした、酔っぱらいの顔のように薄赤い乳房の形が、身内がむず痒くなるような、イボイボになって、算《かぞ》えきれぬほどに、ビッシリ群がり集まっている有様は、何とも云えぬ不気味なものであった。しかもそれが、一つ一つ、人間の肉と同じ、あたたかみと、弾力を持っていて、触って見ると、ブルブル震え出すのだ。

もし蘭子が、もっと冷静であったなら、まだまだ不思議な事柄を発見したはずである。というのは、その群がり集まった乳房が、決して同じ型で作ったものではなく、それぞれ個性を持っていたことだ。百人の女を並べて、そのおのおのの特徴ある乳房を、一つ一つ、丹念に模造したというような一種不思議な、むしろ恐ろしい感じが身に迫って来るのだ。

だが、蘭子はそこどころではなかった。一《ひ》とたび乳房に気がつくと、部屋じゅうのあらゆるでこぼこが、皆それぞれの意味を持っていることがわかって来た。

ある部分には、断末魔《だんまつま》のもがきをもがく、大きな千の手首が、美しい花のように群がり開いていた。ある部分には、さまざまの形に曲がりくねった、そして、その一つ一つが、得も云えぬ媚態《びたい》を示した、数知れぬ腕の群が、巨大な草叢《くさむら》のように集まっていた。又ある部分には足首ばかりが、膝小僧ばかりが、この他、肉体のあらゆる部分部分が、どんな名匠《めいしょう》も企て及ばぬ巧みな構図で、それぞれの個性を、嬌態《きょうたい》を、発散していた。

その材料も、あるものはゴム、あるものは象牙《ぞうげ》ようの物質。あるものは黒檀《こくたん》、紫檀《したん》、あるものは天鵞絨《びろうど》、あるものは冷たい金属、あるものは柔らかい桐の木と、種々雑多で、それがうごめき、おどり、乱れて、形と音の不協和《ふきょうわ》交響楽《こうきょうがく》をかなでていた。

それが気違いめいて見える一つの大きな理由は、腕なら腕、腿なら腿を彫刻した材料の色合いが、ほんとうの腕や腿の色にはまるで無関心に、勝手次第の生地のままさらけ出してあることだ。元来黒いものが白かったり、元来桃色のものが白金色に光っていたりするために、悪夢のような錯覚を起こさせることだ。

又、もう一つの理由は、それらの模造肉体が、手首は手首、乳房は乳房と、ほんの一小部分ずつが、それだけで、ウジャウジャと一とかたまりになっていることのほかに、その大きさがまちまちで、乳房は実物大、膝小僧は一つ一つが三尺四方もある大きさ、又あるものは小人島のそれのように、異様に小さくコチョコチョと寄り集まっているというように、思い切り放胆に出鱈目《でたらめ》に出来ていたからだ。

ふと気がつくと、蘭子が今踏んでいる床は、よく見ればこれは又、実物の十倍ほどもある、巨大な女の太腿であった。いやらしいほどふっくらとした肉附《にくづき》、深い陰影、それに、驚いたことには、産毛《うぶげ》の一本一本、毛穴の一つ一つまで、気味わるいほど大きくこしらえてあるではないか。

目で追って行くと、それだけは余り巨大なために、沢山《たくさん》並べるわけにはいかず、一人の全身が、やっと上半身まで続いている。小山のようにふくれ上がった、丸まっちいお尻が、その向こうには、肩から背筋へかけての、偉大なスロープが続いていた。材料は、印度《インド》美人の肌のように、ツルツルと滑《すべ》っこい紫檀の継ぎ合わせで出来ていた。それだけの費用でも、実に莫大《ばくだい》なものだ。

蘭子はこの驚くべき視覚だけで、もうヘトヘトになって、目がくらみそうであったが、その上に、さっきから不思議な香気《こうき》が、彼女の嗅覚《きゅうかく》を刺戟《しげき》していることを、あわただしい心の隅で気づいていた。

それは決して材料に使用した木材の匂いばかりではなかった。どこかで、香をたいているのだ。香といっても、むろん並々のものではない。心ときめくジャスミンと麝《じゃ》香《こう》のかおり、香油の匂い、それに、むせ返るほど誇張された、甘い女性の体臭さえもまじって、生あたたかく鼻をつく。

昌ちゃんは、いくらあり余るお金とは云え、何て贅沢《ぜいたく》な、恐ろしいような思いつきをする人だろう。

蘭子は酔ったようになって、相手の男が、小村昌一でないことを、まだ気づかないでいるのだ。そして、このズバ抜けた思いつきに、恋人の本当の偉さがわかったような気がして、感じ入っているのだ。

「蘭子さん。この部屋がお気に入りましたか」

又しても、壁を隔てて男の声だ。

「あたし、もう気が違いそうです。すばらしいわ。ほんとうにすばらしいわ。あたし、あなたを尊敬しちゃった。さア、早く顔をお見せなさいよ」

「顔を見せても、驚きませんか」

オヤ、あの人の顔までも、この部屋では、異様な扮装《ふんそう》をしているのかしら。それとも……？

蘭子は「ハッ」とばかり、心臓が凍《こお》りつくような気がした。とうとうそれに気づいたのだ。男の声が決して小村昌一でないことを悟ったのだ。

「誰です。あなた、一体誰です」

彼女は、たまぎるような声で叫んだ。

地底の盲獣

「おわかりになりませんか。あなたのよく御存じの者ですよ」

御存じのもの！　御存じのもの！　アア、ではやっぱり、「そうだ。それに違いない」

蘭子は、いつかの晩、按摩といつわって、彼女の乳房をもてあそんだ怪盲人の、ヌメヌメといやらしい顔を思い出した。

わかった。わかった。この部屋の色彩が滅茶滅茶なわけがわかった。部屋の主人が盲人だからだ。視覚に訴える必要がないからだ。その代わりに、手ざわりの点では、象牙といい、金属といい、紫檀といい、あたたかいゴムといい、これ以上行届きようがないほど、深い注意が払ってあるではないか。これらはあの蜘蛛の指先でなで廻しながら、有頂天《うちょうてん》の享楽《きょうらく》を味わうように出来ているのだ。蘭子は余りの怖さに、息がつまりそうだった。

だが、怖いもの見たさに、部屋じゅうをグルグル見廻していると、又しても恐ろしいものを発見した。薄暗い電燈のために（その光線とても、主人公には全く不要なのだが）よく見通しが利かず、向こうの行き止まりの壁は、つい注意もしないでいたが、男の声が、どうやらその方から響いて来るらしいので、目をこらして眺めると、そこには、今迄のものとは違った、人体の部分が押し並んでいたのだ。

先《ま》ず目につくのは、ピカピカと油ぎった、肌《きめ》の細かい鼠《ねずみ》色の木材で出来た、おのおの長さ一間《いっけん》ほどもある、巨大な人間の鼻の群であった。

三、四十個の、人間一人分ほどもある恐ろしい鼻が、種々さまざまの形で、押し並び、重なり合って、黒く見える洞穴のような鼻の穴が、小鼻をいからせて、こちらを睨みつけていた。

鼻の群れの隣に、畳一畳ほどもあるのから、実物大のものに至るまで、大小さまざまの唇が、あるものは口を閉じ、あるものは半開にして、石垣のような歯並を見せ、あるものは、大口を開いて、鍾乳洞《しょうにゅうどう》のような喉の奥までも見せびらかしていた。

もっと恐ろしいのは、目の一群である。これには象牙ようの白い材料を用い、何の色彩もなく、大理石像の目のように、或いはそこひ(注3)の目のように、まっ白にうつろに見開いたまま、あらぬ空間を睨みつけている。それが、やっぱり大小さまざまの形で、押し並び重なり合っている様《さま》は、ちょうど望遠鏡で眺めた月世界の表面のようで、実にいやらしいのだ。

象牙ようの材料を使ったのは、手ざわりから考えついたものであろうが、正眼者《せいがんしゃ》には、偶然にも、それが主人公の盲目を象徴しているように感じられ、二倍の不気味さである。

「では今そこへ行って、あなたの美しい身体に、さわらせてもらうことにしましょうかね」

声が響いたかと思うと、今云った、大口開けた唇の、喉の奥の暗闇から、異様な虫ででもあるように、一人の人物がノソノソと這い出して来るのが眺められた。

蘭子はもう立っている気力もなく、ヘトヘトと、例の巨大な太腿の上に倒れて、逃げ道でも探すように、あたりを見廻したが、エレベーターはとっくにはね上がってしまったのだ。ほかに出口も入口もあろうはずがない。

出て来たのは、忘れもしない、あのいやらしい中年男の盲人だ。彼は、百の巨大な桃を、びっしり並べつめたような、ゴム製のふくらみの一群をグニャグニャと踏み越えて、蘭子に近づいて来た。

「俺《わし》はね、この烈《はげ》しい香気の中でも、お前さんの匂いをかぎ分けることが出来るのだよ。ホラ、ここだ。アア、この手、この腕、この肩、俺はよく覚えているよ。蘭子だ。蘭子だ」

その声を聞き、その手を感じると、蘭子は六万八千の毛穴が閉じて、産毛という産毛が猫の毛のように逆立った。

気が違いそうだ。死にもの狂いだ。彼女はやけくそに声をふりしぼって叫んだ。

「畜生、畜生、お前は私をどうしようというのだ。さア、帰しておくれ。でないと、女だって、水木蘭子だ。何をするか知れないよ」

「ハハハハ」盲人はびくともしない。「たんかを切るね。俺はお前のその気性も、たまらなく好きなんだよ。俺がお前をどうするか、今にわかるよ。まア、そんなにあわてなくてもいい」

盲獣はペチャペチャと舌なめずりをした。

「ところで、蘭子さん、お前のさっきの言葉では、この部屋がひどく気に入ったようだね。これだけの細工をするのに、五年という月日がかかったよ。費用は莫大なものだ。これについては、わしの身の上話をしないとわからないがね。実を云うと、わしはある明治の大富豪の一人息子なのだ。親父《おやじ》が死んで、恐ろしいほど財産が手に入った。だが、めくらでそれがどう遣いこなせよう。俺はそこで、一つの念願を起こしたのだ」

この薄気味悪い盲人は、そのような身の上であったのか。

「念願というのはね」

彼は猫が鼠をもてあそぶような、何とも云えぬ嬉しそうな調子で話しつづける。

「盲目の悲しさには、俺は綺麗《きれい》な女を見ることが出来ない。美しい景色も見ることが出来ない。そのほか、絵にしろ、書物にしろ、芝居にしろ、太陽の光、雲の色、電燈のような人工光線の美しさ、世の中には、なんと目を楽しませるものが多いことだろう。点字《てんじ》の書物で読んだり、人の話を聞いただけでもウズウズするほど、目のある奴らが羨《うらや》ましい。俺は俺をめくらに生んだ両親を憎んだ。神様を恨んだ。だが、どうなるものでもないのだ。……

盲人の世界に残されているものは、音と匂いと味と触覚ばかりだ。音は、音楽は、俺には吹きすぎる風のようで、物足りない。匂いは、悲しいことに人間の鼻が、犬のように鋭敏《えいびん》でない。食べものは、ただ腹がふくれるばかりだ。と考えて見ると、触覚こそ、俺達盲人に残された、唯一無二の享楽であることがわかった。

俺は、このたった一つの享楽にとりすがった。何でもかんでも撫でて見ないでは承知が出来なんだ。いろいろな物の中でも、生きものの手ざわりが俺には一ばん楽しかった。俺は牧場を開いて何百という羊を飼い、毎日毎日、温かい太陽の下で、羊どもと遊びたわむれた事もある。邸じゅうに満ち渡るほど犬や猫を飼って、それらを蒲団にして寝たこともある。だが、どんな生きものも、人間の、それも女に及ぶものはないことが、ハッキリとわかって来た。……

俺の女房は、親父が撰《え》りに撰って、金にあかして貰ってくれた美しい女であったが、それは見た顔のことだ。俺にとっては、美しくもなんともない痩《や》せっぽちの生物《いきもの》でしかなかった。だが、女というものはこんなものだと、あきらめて、数年の間、一緒に暮らしていたが、ふと、ある時、別の女の身体を知った。それが病みつきになって、俺は沢山の女の手ざわりを楽しむようになった。……

女の身体の美しさには、いつまでたっても、際限がなかった。俺は世界中の女の肌に、一人一人触れて見ないでは我慢が出来ないほどになった。その中に、どんなすばらしい女がいるか、想像もつかないのだ。世間の人は評判だとか写真などで、世界の美人を見て目を楽しませることが出来ようけれど、俺にはそれが駄目なのだ。又、世間で美しいという女が、俺には美しくもなんともない場合が多いのだ。……

ところが、蘭子さん、聞いてくれ。俺の欲望が、そんなふうに募《つの》って来た時、俺の財産は、使うばかりというのは恐ろしいものだ。もう残り少なになって来たではないか。俺はあせった。この財産がすっかり無くなるまでに、俺が夢見ているような女が、果して手に入るだろうか。それを考えると、この世がはかなくなった。生きている空《そら》がなくなった。……

そこで最後の智恵をしぼって考えついたのが、この部屋だ。見て下さい。目のある人には、これが美しく見えぬかね。俺は、余り有名でない、腕のしっかりした彫刻家を雇い、自分で指図をして、このさまざまの彫刻を作った。モデルは俺の頭の中に残っている過去の女の身体の中から、すぐれた部分を選び出して、彫刻家に詳しく話して、架空《かくう》の思想から具体的の彫刻をこしらえさせた。その苦心はどれほどであったろう。……

ところが、この部屋を作り上げた時、俺の財産はほとんど無くなってしまった。それでも、この部屋を楽しんでいられるうちはよかった。半年の間、わしは、ここに入りびたって、昼も夜も、暗闇の中で、一つ一つの彫刻を撫で廻して、有頂天になっていた。だが、どんなに巧みに出来たといっても、相手は死物《しぶつ》だ。そのうちに、ボツボツ生きた人間が恋しくなり出した。……

だが、俺は生きた人間を自由にする資力が尽きてしまったのだ。わしのような生まれの、わしのような盲人が、そうなった時の心持を察して下さい。俺はとうとう悪心を起こすようになったのだ。二た月も三月も、俺は一と間《ひま》にとじこもって、そのことばかり考えた。どうすれば刑罰を受けないで、悪事を働くことが出来るか。しかも、不自由な盲人にだ。……

だが、俺はとうとう、決心した。そして、悪事を働き始めた。最初は金だ。まず食わねばならなかった。金が出来ると、最終の目的である女を探し始めた。そして、やっと見つけ出したのがお前さんだ。わしは世間のやかましい評判を聞いた。声もわるい。踊りも下手だ。顔だってそんなに美しくない。蘭子の人気は身体にあるのだ。まア、あのすばらしい肉体を見るがいい。というような噂話《うわさばなし》に聞き耳を立てた。

俺は帝都座へ幾度も通って、お前の声を聞いた。弥次馬の恐ろしい声援を耳にした。このすばらしい人気が、みんなあの女の身体から出るのかと思うと、俺はもう、お前の身体に触りたさに、身震いが出るほどだった。ところがちょうどその時、雲山という彫刻家が、お前をモデルにして等身大の大理石像を刻み、展覧会に出品したと聞いた。わしは躍り上がって喜んだ。……

それからのことは、お前もよく知っている通りだ。お前の肩にさわった時の嬉しさ。アア、評判は間違いではなかった。今迄逢ったどの女より、お前は美しかった。俺は一刻も早くお前を手に入れたくてウズウズした。俺はお前が舞台で倒れたあと、影のように舞台裏へ忍び込み、小村という男からの電話を盗み聞いてしまった。そこで、あの自動車の計略を思いついたのだ。そして、まんまと、こうして、お前を手に入れることが出来た。お前にはこの俺の心臓の音が聞こえないか。俺はもう嬉しさで夢中なのだ」

盲人は、大体右のようなことを、クドクドと喋りつづけた。

蘭子は、余りの執念に、何だか変な気持になった。心では盲人の境涯《きょうがい》に同情した。だが、一度そのいやらしい顔に目を転じると、ある恐ろしく、いまわしい行動の予期に、ゾッと総毛立《そうけだ》った。

「それで、それで、あたしを一体、どうしようとおっしゃるの？」

彼女は息をはずませて、わかりきったことを尋ねないではいられなかった。

「いや、なに、それはね、今にわかるよ。今にわかるよ」

盲人ながらやや恥かしそうに、顔をそむけて、相手は意味もなく、蘭子の指先をもてあそぶのであった。

天地晦冥《かいめい》

やがて盲人の触角のような指先は、ヒラヒラと蘭子の腕にまといつき、虫が這うように、腕から肩へ、肩から後頭部へ昇って行った。

そして彼女の首がグイグイと前へ引き寄せられ、醜怪な盲人の顔が、眼界一杯に近づき、なめくじみたいなヌルヌルした唇が、彼女の唇を求めてうごめき始めた時、蘭子はやっとそれに気づいて、烈しく相手の手を払いのけ、悲鳴を上げて立ち上がった。

「いけないッ、畜生、畜生」

彼女はまるで犬か猫でも追い払うような言葉を使った。

「お前さんには、このわしの切《せつ》ない心がわからんのか。頼みだ。どうぞ、この通りだ」

悲しき盲獣は、両手を合わせておがみながら、かき口説《くど》く。

「わしをお前さんの奴隷にしてくれ。ふみにじってくれ。唾《つば》をはきかけてくれ。けとばされても、けとばされても、わしは子犬のように、喉を鳴らして喜んでいるのだ。決して怒りやしないだ。エ、蘭子さん、頼みだ、頼みだ」

「いけないったら。畜生。お前なんか、ふんづけるのもけがらわしい」

主人に叱られた犬のように、腹を床にくっつけて、ソロソロと這い寄ってくる盲獣の進路から身をよけながら、蘭子は毒々しく言い放った。

「どうしてもか」

「アア、どうしても」

とうとう彼等は、子供の喧嘩みたいに、いがみ合った。

「よし、それで、お前さんが、わしみたいなものの願いは、断じて聞いてくれぬことがわかった。しかしね、それと同じように、わしの方では、お前さんが、何と頼もうが、泣こうが、叫ぼうが、お前さんを再び娑婆へ返すこっちゃないよ。頼んでも駄目となれば、結局仕事がし易いというものだ。なぜと云って、考えてごらん、わしは目こそ見えね、お前さんよりは、力が強いはずだからね」

盲人は、黄色な歯をむき出して、カラカラと笑った。

かくて、世にも不思議な戦闘は開始せられた。

丸々と起伏した、非常に滑《すべ》っこい黒檀や紫檀や象牙ようの床を、蘭子はこけつまろびつ逃げ廻った。

めしいのけだものは、ハッハッと、焔《ほのお》のような息をはき、四つん這いになって、おそろしい早さで、彼女の匂いと、絹ずれの音と息使いを目当てに、執念深く追いすがった。

「あれエ、助けてエ、誰か来てエ」

蘭子は常ならば、吹き出したいような、滑稽千万《こっけいせんばん》な悲鳴を上げて、逃げまどった。その叫び声が少しも滑稽でなく、心の底から湧き出して来たというのはよくよくのことだ。

「アア嬉しい。お前さんはもう疲れたね。喉がひからびて倒れそうだね。お前さんの息使いでそれがよくわかるのだよ。もう少しだ。もうほんのしばらくの辛抱だ。サア、逃げるがいい。わしは根気よくいつまでも追っかけ廻すばかりだ。そして、お前さんが、逃げ疲れて、目まいがして、ぶっ倒れるのを気永《きなが》に待っているのさ」

盲獣は顔一杯にいやらしい笑いを浮べて、舌なめずりをした。

蘭子は真実、息が切れて、目が廻って、今にもぶっ倒れそうだった。

「アア、もう駄目だ。私はとうとう、けだものの犠牲《いけにえ》にならなければならぬのか」

彼女は、例の巨大なツルツルした太腿の上に、倒れ伏して、観念《かんねん》の目をとじた。

ちょうどその時、実に恐ろしいことが起こった。半ば意識を失いかけた蘭子の、物狂わしき幻覚であったかも知れない。それとも、この地下室には何かの動力で、そんな不思議な仕掛けが出来ていたのかも知れない。

いずれにもせよ、蘭子の眼には部屋全体がムクムクとうごめき出したように見えたのだ。

それは、あとになって思うと、実に、言語に絶する奇観であった。

腕の林、手首足首の草叢、太腿の森林が、一斉に、まるで風にもまれる梢《こずえ》のように、ユラユラとゆらめき始めた。床に並んだまん丸な肉塊《にくかい》どもが、モクモクと波立ち始めた。巨大な鼻は小鼻をヒクヒクさせて、匂いをかぎ、巨大な口は、歯をむき出して、うめき声を発し、蘭子の倒れ伏している、黒檀の巨人は、太腿をふるわせて、異様な波動運動を始めた。

「アア、私は気でも違ったのかしら」

いやいや、そうではない。あのいまわしいけだものは、やっぱり、波うつ床を這い廻って、彼女を探り求めている。

アア、とうとう、彼奴《あいつ》の触角が蘭子の足にふれた。生あたたかい手の平が、足首をギュッと握りしめた。

そのゾッとする感触に、蘭子は再び気力を回復した。彼女は、精一杯の力でその手を蹴り飛ばし、うごめく巨人のすべっこい肌に幾度も幾度もすべりながら、のたうちもがいて、太腿から、腰部の山、それから背筋の溝を伝って、巨大な肩へと這って行った。

だが、それがやっとであった。相手は蹴り飛ばされて一度はひるんだけれども、たちまち立ち直ると、猛然として、か弱い犠牲者に襲いかかって来た。

遂に二人は、とっ組み合ったまま起伏する彫刻物の波にもまれて、巨人の肩をすべり落ち、無数のまん丸な肉塊の上をゴロゴロと転がり廻った。

「畜生め、畜生め、畜生め」

蘭子は最後の力をふりしぼって、相手の顔と云わず、腕と云わず、引っかいたり、食いついたり、死にもの狂いに闘った。

悪魔の方でも夢中であった。彼は野獣のように咆哮《ほうこう》しながら、犠牲者をねじ伏せようと死力を尽した。

「ワハハハ、さア、どうだ。これでもか。これでもまだ逃げようとするのか。ウヌ、ウヌ」

壁と云わず、床と云わず、彫刻物の無数の曲線は、今やその活動の絶頂に達した。紫檀の腕も、黒檀の腿も、腹も、足も、首も、目も、口も、鼻も、跳躍《ちょうやく》し、乱舞し、怒号し、咆哮した。

地下室全体が、怒濤《どとう》にもまれる船のように、ゆれひしめいた。追うものも、逃げるものも、もはや目も見えず、耳も聞こえず、もつれ合ったまま、或いは右に、或いは左に、天地晦冥の大動乱のただ中にゴロゴロと転がり廻った。

壁に群がる無数の乳房どもは、顔赤らめて、風船玉のようにふくれ上がり、千の乳首から、温かい乳汁を、ころげ廻る二人の上に瀧《たき》つ瀬《せ》と注ぎかけた。

と思う間もなく、蘭子は遂に、その乳汁の津波にただようともなく、溺れるともなく、いつしか気を失ってしまった。

地底の恋

さすが強情我慢《ごうじょうがまん》の水木蘭子も、身も魂《たましい》もしびれるような、大刺戟には、ヘトヘトになって、遂に兇暴なる盲獣の意力に屈服してしまった。いや、屈服したばかりではない。彼女はおぞましくも、このたぐいもあらぬ地底の別世界に、人外境《にんがいきょう》に、限りなき愛着を覚え始めた。いまわしい盲獣さえも、今は何かしら不思議な魅力をもって彼女の感覚をくすぐるようになった。

蘭子は遂に怪盲人の妻たることを、承諾したのである。

かくして、日とたち月と過ぐるうち、地底の愛人の情交はますます濃《こまや》かになって行った。レビューの女王として浅草興行界の花とうたわれ、湧き返る人気、自由気儘《きまま》な生活、彼女のような女にとっては、世にもすばらしい境遇をふり捨てて、陰気な地底の世界に、しかも醜怪限りなき盲人を夫として、どうして安住する気になったのか。まことに不思議な現象と云わねばならぬ。

いやいや、不思議はそればかりでない。蘭子は、あの若さ、あの容貌、あの美しい肉体を以てして、吐き気を催すほども、いやでいやで耐《たま》らなかった、めしいのけだものを、今は真底《しんそこ》から、熱愛し始めたのだ。彼と離れてはもはや一日も生きて行けないほどに、うち込んでしまったのだ。一体全体、あの汚らわしい片輪者の、どこを探せば、そのような魅力があったのであろう。

「蘭子、お前小村昌一を思い出すことがあるだろうね」

時として、盲人は不安げに、尋ねることがあった。

「いいえ。ちっとも。小村さんに限らない。地の上の世界に用はありませんわ。何《な》んにも、何んにも、みんな忘れちゃったのよ。あたしは全く別の世界に生まれ変わったんだもの。ですからね。お前さん。あたしを見捨てないで下さいね。ほんとうに、いつまでも、いつまでも見捨てないでね」

蘭子ともあろうものが、そんなことを云うほどにかわっていた。

そして、蘭子は徐々に視覚を失っていった。目の病いをわずらったのではない。健全な目を持ちながら、彼女はほとんどそれを使用しなかった。色や形の記憶がだんだん薄らいでいった。視覚を失ったのではない。忘れ果ててしまったのだ。

それほど盲人の触覚の世界が、彼女には気に入った。目なんていっそ邪魔っけだ。見えぬ方が、なんぼよいか知れやしない。そして電燈を消してしまったまっ暗闇の中で、手ざわりと、肌ざわりと、音と、匂いだけで暮らしている方が、どんなに嬉しいかわかりやしない。

視覚を忘れてこそ、初めて、ほんとうの触覚の味がわかるのだ。神秘で幽幻《ゆうげん》で微妙極まる手ざわり肌ざわりの心よさが、しみじみと味わえるのだった。

「あたしは今迄どうしてこんな楽しい世界を知らないで過ごして来たのだろう。アア、目のある人達に教えてやりたい。お前さん方は、悲しげな笛を吹いて流している按摩を見て、オオ可哀そうなめくらと、気の毒がっているけれど、それは飛んでもない間違いなのだ。目のない者は、自分では比べて見ることが出来ぬから、何も知らないけれど、あたしのように、目はありながら、触覚ばかりの世界に住んで見た者には、それがハッキリわかるのだ。オオ可哀そうな目あきさん達、お前さん方は、この何とも云えぬ不思議な、甘い、快い、盲目世界の陶酔《とうすい》を味わったことがないのだ。もし世の盲人達がこのことを知っていたなら、どんなにか、かえってお前さん方を気の毒がることだろう。

アア、私は今こそ、触覚ばかりで生きている目のない下等動物どもの、異様な、甘い、懐かしい感覚がわかるような気がする。彼らは決して不幸ではないのだ。不幸どころか、彼等こそ、この世をお作りなすった神様の第一番の寵児《ちょうじ》なのだ」

蘭子の考えがそんなふうに変わっていったのは、実に驚くべき事であった。彼女は気が違ったのであろうか。いやいや、そうではあるまい。彼女のいう、触覚ばかりの世界の不思議な陶酔というものは、ほんとうにあるのかも知れない。

目のある人間には指先で小さな点字を読むことは到底出来ないのだ。しかし、盲人は、あの微妙な小突起物を、スラスラと目で読むように読み下すではないか。昆虫の触鬚《しょくしゅ》の驚くべき敏感について知らぬ人はなかろう。盲人の指や肌は、あの触鬚と同様の不思議な感覚を持っているのだ。彼等の触覚は、通常人には、まるで想像もつかない、全然別種類のものなのだ。と考えることは出来ないだろうか。少なくとも水木蘭子は、それを信じて疑わなかった。

今になって、やっと、いつか彼女の盲目の夫が、展覧会の彫刻をなでさすっていた心持が、ハッキリわかるような気がした。あの時はそれを笑ったけれど、盲人にこそ、かえって、彫刻の美しさが、ほんとうにわかるのではあるまいか。

そのようにして、蘭子の指は、肌は、徐々に昆虫の触鬚に近づいていった。どんな些《さ》細《さい》な空気の振動も、どんな微小な物質も、彼女の触覚の目を逃れることは出来なかった。それには形でない形があった。色でない色があった。音でない音があった。

視覚を忘れ、触覚のみに生きている彼女にとって、夫の盲目も、夫の醜貌《しゅうぼう》も、もはや全然無意味であった。彼女はただ、夫の手ざわりを楽しんだ。アア、目で見た感じと、触れて見た形とが、こんなにも違うものであろうか。彼女の夫は触覚の世界においては、決して醜くはなかった。それどころか、かつて一度も触れたことのないような不思議に快い筋肉美を備えていた。

彼女は地上世界であのように恋い慕っていた、小村昌一の触覚を思い浮かべて、それとこれを比べてみた。そして、あの美青年昌一が、触覚の世界では、一顧《いっこ》の価値なき醜男子に過ぎないことを知って、非常な驚きにうたれた。

かようにして、闇と肌ざわりのみの数カ月が過ぎ去った。彼女が地底の生活を始めたのは秋の終わりであったが、いつしか年があけて、極寒《ごくかん》の季節がやって来た。地底の密室には暖房装置があって、いつも適度の温か味が保たれているので、少しも気づかなかったけれど、エレベーターで三度の食事を運んで来る盲目の少年が、ある日外には雪が降っていると知らせてくれた。

情痴《じょうち》の極

その頃になって、触覚世界の男女は、遂に情痴の極に達していた。

そのような、異常な生活を続ける感覚のみの人間に、当然来るべき運命が来た。彼等は微妙なる触覚の限りを尽して、今やその微妙なるものに飽き果てていた。

彼等は退屈な折には、よく、お互いの肉体のあらゆる隅々《すみずみ》の、微細な特徴を、空《そら》で云い当てる遊戯を試みた。

「お前の足の裏には、横に三本の大きな皺《しわ》がある。指をかがめてギュッと力を入れた時には、拇指《おやゆび》の根元の肉が、まん丸にふくらんで、三段の小山になる」

「アラ、ほんとうだわ。たしかに三段の小山が出来るわ。じゃ、こんどは、あたしの番よ。あなたの鳩尾《みぞおち》に、たった一本、太い長い毛が生えているわ。そして、あなたが昂奮すると、それが、ピンと三十度ぐらいの角度で、つっ立つのよ」

等、等、等というぐあいにだ。

しかし、そんなふうに、お互いの心から、肉体から、あらゆる秘密を知り尽した二人にとって、並なみの触覚生活は、実に退屈極まるものとなった。相手を取り替えるか、何かどぎつい刺戟を求めるほかに、方法はなかった。

盲目の夫の方では、もう蘭子にあきあきしていたけれど、蘭子の方では、まだそれほどでもなかったので、相手を取り替える相談は、いつも蘭子の涙によって、沙汰《さた》やみとなった。

そこで、彼等はもう一つの方法を選んだ。今までの微妙な触覚遊戯を廃して、思い切りどぎつい刺戟を求め合った。

　そして、遂に彼等は、闇の中の二匹の猛獣のように、お互いにお互いの肉体を嚙み合い、なぐり合い、傷つけ合うことを楽しむまでになった。

　それはそれで、又云い難き魅力があった。蘭子は地上世界にいた時分、よく見に行った拳闘競技を思い出した。選手達は一戦ごとに血を流して死の苦しみを味わうのだ。わるくすると、命さえも失うことがある。それでも拳闘はすたらない。名誉心だろうか、賞金ほしさだろうか。いやいやそればかりではないのだ。彼等は、傷つけ合うことによって、無上の肉体的快楽を味わっているのだ。打ち負けて、血を流して、のたうち廻る敗者にも、この快楽だけは味わえるのだ。彼女は今にして初めて選手達のほんとうの気持がわかるような気がした。

　闇の中の盲獣夫妻は、かくして、最後の血の肌ざわりという、無上の快楽を発見した。

　傷つけられるものは、いつも蘭子であった。彼女の滑らかな太腿からほとばしる、なま暖かい、ネットリとした血潮の感触が、盲獣を喜ばせたのはもちろん、傷つけられた彼女にも、こよなき快楽であったとは、何という驚くべき事実であろう。

　彼女は、痛みを感じないではなかった。悲鳴を上げて、のたうち廻るほど、烈しい苦痛を感じた。だが、その苦痛そのものがとりも直さず快楽であった。ドクドクと脈うちながら吹き出す血潮も快かった。彼女は傷つけられることを望んだ。その傷が大きければ大きいほど、苦痛が烈しければ烈しいほど彼女は有頂天になった。盲目の夫も、最初の間は、妻の血のりを喜んだ。望むがままに、或いは歯によって、或いは爪によって、或いは刃物によって、妻を喜ばせてやった。そして、流れる液体に顔をうずめ、それを啜《すす》って地獄の悦楽《えつらく》に耽《ふけ》ったものだ。

しかし、彼はやがて、それにも退屈を感じだした。蘭子の予期だもしなかった執拗と貪婪《どんらん》にホトホトあきれ果ててしまった。蘭子の存在がうるさく感じられた。いとわしくなった。はてはあのように恋い慕った彼女を憎悪し始めた。

彼は、どんな隅々までも知り尽した蘭子の肉体には、もう用がなかった。もっと別の触感が望ましかった。違った女性がほしかった。

「さア、もっと、もっとひどく、傷をつけて！　いっそ、そこの肉をえぐり取って！」

身もだえする蘭子を前にして、彼はとうとう恐ろしい計画を立てた。

「そんなに傷がつけてほしいのかね。そんなに痛いめがしたいのかね。よし、よし、それじゃ、俺にいい考えがある。お待ち、今にね、お前が泣き出すほど、嬉しい目に合わせてやるからね」

彼は刃物を蘭子の腕に当てて、グングン力を込めて行った。

「アッ、アッ」

蘭子は悲鳴とも、快感のうめき声ともつかぬ叫びを立てて、烈しく身もだえした。

「もっとよ、もっとよ」

「よしよし、さア、こうか」

彼女は遂に泣き出した。痛いのか快いのか見境もつかなくなって、わめき叫んだ。

盲目の夫は、刃物に最後の力を加えた。メリメリと骨が鳴った。そして、アッと思う間に、蘭子の腕は、彼女の肩から切り離されてしまった。

瀧つ瀬と吹き出す血潮、まるで網にかかった魚のようにピチピチとはね廻る蘭子の五体。

「どうだね。これで本望かね」

夫は闇の中で、薄気味わるい微笑を浮かべていた。

蘭子は答えなかった。答えようにも、彼女はすでに、意識を失ってしまっていたからだ。

もはやこれ以上の記述は差し控えよう。

読者は、それから数十分の後、闇の中で、手は手、足は足、首、胴とバラバラに切り離された蘭子の五体の上に倒れ伏して、号泣《ごうきゅう》している盲獣の姿を、幻《まぼろし》に描いて下さればよいのだ。

雪女郎

それから二、三日後、場面は一転して、雪の銀座街《ぎんざ》だ。宵《よい》から降り出した大雪に、深夜の銀座通りは、一夜の間にアルプス山中へ引越しをしたかと思われる、雪景色であった。

附近の青年は、スキー道具を持ち出して、銀座の電車通りをすべり廻った。商店の小僧さんたちは、巨大な雪だるまの製作に忙しかった。

そのうちに、とある四つ辻の人道車道の境目に、等身大《とうしんだい》の婦人裸体像を、せっせとこしらえている一人ぼっちの盲人があった。

めくらのくせに、しかも一人ぼっちで、雪だるまを作ろうとは、よくよくの変わり者だ。

やがて断髪裸体の雪女郎が出来上がった。雪女郎といっても怪談ではない。怪談よりも一層恐ろしい雪女郎であったかも知れないけれど。

盲人はそれを作り上げてしまうと、近くに待っていた自動車へ、サッサと引き上げて行った。雪だるまは方々に製作されていた。スキーヤーのほかは、電車も自動車も人間も通らぬ深夜であった。誰も盲人の不思議な行動に気づくものはなかった。夜が明けるまでは、そこに雪女郎が立っていることさえ、つい黙殺されていた。夜がさて、翌日である。盲人手細工の断髪雪女郎は、銀座一帯での最傑作として、人気の中心となった。

早朝から人だかりが絶えなかった。新聞社の写真班も、しばしばカメラを向けた。午後になると、暖かい陽光のために、断髪と顔面の見境がつかなくなり、片腕がもげて醜い片輪者となったけれど、名作雪女郎の人気は、まだ失《う》せなかった。

会社帰りの紳士が立った。学生が立った。小僧さんが立った。そして、女学生までが、お互いの肘《ひじ》を突っつき合いながら、クスクス笑って立ち止まった。

いたずら小僧が、雪女郎のお臍《へそ》をめがけて、雪つぶてを投げつけた。「ワッ」と云う笑い声、断髪美人が半分に折れて、お臍から上が砕け散ってしまったからだ。

「もしもし、今のは雪だるまのこわれた音ですかい」

群集のうしろに立っていた醜い盲目の男が、隣の人に尋ねた。

「エエ、そうですよ」

隣の人は、このめくら、なぜそんなことを聞くのかと、けげん顔だ。

「あなた、その雪だるまの足をこわしてごらんなさい。足だけ残しておいたって、つまらないじゃありませんか」

隣の人は、盲人に勧められて、ふとその気になり、二、三歩前に出ると、靴で雪女郎の二本の足を蹴飛ばした。

パッと飛び散る雪しぶき。二本の足はもろくも、こなごなにくずれてしまった。くずれると一緒に、コロコロと転がり出した、一尺ほどの青白い塊《かたまり》。

「オヤ、何だろう。雪女郎の足の芯から、変なものが出て来たぞ」

一人の学生が、かがみ込んで、それに附着している雪を払った。そして、ヒョイと指先でさわって見た。

「アッ、人間の足だッ」

彼はギョッとして飛びのきざま、頓狂な叫び声を立てた。

群集の視線が、一斉にその一物に集まる。

たしかに人間の、しかも女の片脚だ。表面は青白く、切り口は桃色に見えている。

「ワアッ」という驚愕のざわめき。

たちまち群集の数が倍になり、三倍になり、知らせを受けた警官が、かけつけて来た。

「オヤ、この騒ぎは一体何事ですえ。人間の足がどうかしたのですかい」

じっと聞き耳を立てていた盲人は、別の隣人に尋ねかけた。

「アアお前さん目が見えないのだね。なにね、雪女郎の中から、ほんとうの女の片脚がころがり出したという騒ぎさ」

隣人が答えた。

「へエ、女の片足がね。驚きましたね。一体何の気で、そんな飛んでもない、いたずらをしやあがったのでしょうね。フフフフ。恐ろしい奴もあるものですね」

盲人はそう云って不気味に低い笑い声を立てたかと思うと、ヒョイと向きを変えて、杖を力に、トボトボとその場を立ち去った。彼の姿は、通行の群集にまぎれて、たちまち見えなくなってしまった。

足のある風船

銀座街頭、雪だるまの中から、女の片足が現われた顚末《てんまつ》は、すでに記した。だが、水木蘭子には、まだ首と、胴体と、二本の腕と、一本の足が残っているはずだ。盲獣はそれらのものを、如何に処分したか、今日はそれについて書くことにする。少々胸のわるくなる話だ。気の弱い読者は読まぬ方がいいかも知れぬ。

　さて、雪だるま事件があってから、四、五日たつと、雪どけのぬかるみも乾き、うって変わった朗《ほが》らかな小春日和《こはるびより》が来た。

　舞台は浅草公園、観音様のお堂の前だ。敷石道には、数十羽の鳩が、子供の投げ与える豆をつついていた。行列を作った参詣の人々が、鳩の群を避けるようにして、にこやかに行き違っていた。豆をあきなう、ひからびたお婆さん達の皺くちゃ顔に、のどかな陽光《ひざし》がさんさんと降りそそいでいた。

　どこからともなくビーッと風船玉の笛の音が響いて来た。露店商人の客を呼ぶ声々、ジンタジンタの古風な楽隊などが、青空に谺《こだま》して、ほがらかに聞こえて来る。

　鳩のまわりには、附近の子供であろう、五、六歳から七、八歳の腕白小僧《わんぱくこぞう》が、小十人《こ》も群がって、参詣の人々の邪魔をしていた。

「ヤー、風船だ。風船だ」

　ふと空を見上げた一人の子供が、頓狂な声を立てた。

　子供達はもちろん、通行の大人までが、びっくりして上を見た。

「ワー、綺麗だなあ。きっと風船屋が飛ばしたんだぜ。あんなに沢山だもの」

　年かさの子供が怒鳴った。

なるほど、風船屋が粗相《そそう》でもしたのでなければ、あんなに一《ひ》と固《かた》まりになって、沢山の風船が飛ぶはずがない。観音様のお堂の屋根よりは少し低いところを、晴れ渡った青空を背景にして、青いの、赤いの、白いの、二、三十もある風船玉が、糸で結びつけられて、一と固まりになって、フワフワと飛んで来るのだ。結び目には何だか大きなものがくくりつけてある。その重味で、風船は徐々に浮力を失い、今にも落ちて来そうに見える。

「オイ、追っかけて拾おうよ」

一人が云うと即座に賛成して、子供達は空を見上げながら走り出した。

風船は微風のまにまに、お堂横の広っぱへと、斜めに下降して行く。ワーッ、ワーッと囃《はや》しながら、子供達が走る。

この無邪気な騒ぎに、参詣の群集は、つい立ち止まって見物する。見る見るその人数がふえて行く。中には、子供のあとを追って走り出す大人もある。

間もなく風船は、広っぱの大銀杏《おおいちょう》の枝に、頭をぶつけながら、美しい五色の鳥のように、しずしずと、子供達の手がウジャウジャと群がる中へ降りて来た。

おびただしい競争者に打ち勝って、それをつかみ当てた仕合わせ者は、案外にも、七つばかりの小さな子供であった。彼は、風船の下に結びつけてある、重りのようなものを、しっかりと抱きしめて、五色の玉をなびかせて、一目散《いちもくさん》に走り出した。他の子供達に奪われまいためだ。

「オイ、こすいよ、こすいよ。みんなで分けようよ」

子供達は口々に叫びながら、あとを追った。行く手に鉄柵があったので、先の子供は、それをまたぎ越そうとしている間に、十数人の競争者に追っつかれてしまった。

「いやだい、いやだい、僕が取ったんだい」

小さな子供は、風船の重りを抱きしめて離さなかった。

烈しい闘争が起こった。子供らは、まるでラグビー選手のように、玉を抱くものの上に、折り重なって行った。人山の下から、ワーッと泣き声が爆発した。風船玉の細い木綿糸が切れて、赤いのや、青いのや、次々と、空へ舞い上がって行った。

「オイ、オイ、よさないか。お前達何を争っているのだ。風船なら、みんな飛んでいってしまったじゃないか」

一人の老人が、一ばん上にのっかっている子供を引き起こしながら、叱りつけた。ラグビー選手達は、やっと起き上がった。だが、下敷きにされた子供だけは、俯伏《うつぶ》しに身を固くして、例の重りの品を、抱きしめたまま、動かなかった。そして、ワーワー泣き立てた。

「さア、起きた起きた。お前何をつかんでいるんだ。風船はもうありやしないんだぜ」

老人が抱き起こして見ると、子供は着物を泥まみれにして肘から血を出して、まだ大切そうに、何かを抱えている。

「オヤ、お前、それは一体何だ」

老人が頓狂な叫び声を立てたのも無理ではない。少年の抱きしめている一物に五本の指が生えていたからだ。

取り巻く子供達も、ギョッとして、シーンと黙り返ってしまった。

抱きしめていた子供は、やっとそれに気づいた。グニャグニャした、冷たい手ざわりの気味わるさに、びっくりして、それを投げ出すと、思わずうしろに跳びのいた。

それは足の形をした、青白いものであった。五本の指がキューーッと曲がって、苦悶の表情を示しているのも、不気味であった。

膝の下から切断した切り口には、ドス黒い血が固まっていた。

「人間の足だ。オイ、大変だ。早くお巡《まわ》りさんを呼んどいで」

老人は青ざめて、どもりながら、指図をした。

黒山の人だかりだ。やがて、その人だかりを押し分けて青白い足首を縄でぶら下げたお巡りさんが、姿を現わし、交番へと急ぐ。その後から、ポカンと口を開いた弥次馬どもが、ゾロゾロとついて行った。

この噂《うわさ》は、たちまち公園じゅうにひろがった。

瓢簞池《ひょうたんいけ》のふちの高台のベンチでも、足の降った話が始まっていた。

「ゴム風船を二十も三十も集めて、それに切り離した人間の足をぶら下げて、飛ばした奴があるんですって。美しい女の足首だったと云うことですぜ」

職人風の男が話していた。

「ホウ、ひどい奴ですね。して見ると、人殺しがあったのでしょうかね」

合槌《あいづち》をうったのは、同じベンチに腰かけていた、醜い盲人であった。

「てっきり、そうだね。女を殺しておいて、手足をバラバラに切りきざんだのかも知れないね。オオ、いやだ」

職人はゾッとしたように、顔をしかめて云った。

「で、その足首を、捨て場所もあろうに、よりによってこの賑やかな浅草の空へ捨てたってわけですかね。フフフフ、五色の風船が人間の足をぶら下げて、フワフワと飛んで行くところは、さぞかし見物《みもの》だったでしょうね。わたしゃ、ごらんの通りめくらなので、見ようたって見られやしませんが、聞いただけでも、さぞ美しかった事だろうと思いますよ。フフフフフ」

奇妙な盲人は醜い顔を、うららと照る太陽に、まともに向けながら、陰気な含み笑いをした。

冷たい手首

同じ日の夜更け、日比谷《ひびや》公園裏の、官庁ばかり建ち並んだ非常に淋しい往来を、一人の青年紳士が、フラフラと歩いていた。附近の支那料理屋で開かれた宴会の帰り途であった。可なり酔っぱらっていたので、ひょっとしたら、帰宅の方角を間違え、ただ訳もなく足の向くがままにさまよっていたのかも知れない。

十二時近かったので、全く人通りが途絶えていた。ボンヤリと広い舗道を照らしている街燈が、陰火《いんか》のように物淋しく見えた。青年紳士は、ふと行く手に、何かしらうごめいているものを発見して、酔っぱらいとは云え、ギョッとしないではいられなかった。

「オイ、そこにいるのは、誰だ、何者だ」

口では強そうに云うものの、内心はビクビクもので、腰をかがめて、すかして見ると、たしかに人間であった。だが、何と云う妙な恰好《かっこう》をしているのだろう。

その男は、大地に四つん這いになって、まるで犬にでも憑《つ》かれたように、地面を嗅《か》ぎ廻るような不思議千万な様子をしていた。

「君、君、そこで何をしているんだ。しっかりし給え。みっともないじゃないか」

酔っぱらいは、呂律《ろれつ》の廻らぬ口の利き方で、おずおずとその人物に近づいて行った。

「どなたですえ?」

四つん這いの男が陰気な声で尋ねた。この男は酔っぱらいではないらしい。

「通りがかりの者だが、君こそ誰だえ。どうして、そんな犬の真似なんかしているんだね」

「へへへ……犬の真似じゃございませんよ。実は杖をなくしましてね。わたしゃ、めくらなんです。杖がなくては一《ひ》と足《あし》も歩けないのです。へへ……因果《いんが》な奴でございましてね」

アア、盲人が杖を落としたのか。それなら、何もビクビクすることはなかった。

「杖だって、ここんとこで落としたのかね」

「ヘエ」

酔っぱらい紳士は、街燈の光をたよりに、一緒になって探してやったが、どこにも杖らしいものが見当たらぬ。

「君、どこへ行くんだね。遠方かね」

「ヘエ、O町まで行くんで。」

「O町だって？　こうっと、O町と、一体ここは何町だっけ。アハハ……わからない。だが、まアいいや。連れてってやろう。その辺で杖でも買ってやろう。来給え、手を引いてやるぜ」

「へへ……恐れ入ります」

盲人は、恐れ入りながら、右手をさし出した。

「よし、さア行こう」

紳士は、盲人の手を握って、歩き出したが、ふと気がついたように、叫んだ。

「ワーッ、何て冷たい手だ。君の手はまるで死人《しびと》みたいだね。だがヒヤリとして気持がいいよ。ハハハ……」

「へへへ……」

盲人は合唱するようにいやしく笑った。

冷たい手を握りながら、蹌踉《そうろう》として行くほどに、偶然の仕合わせにも、ヒョイと明るい町へ出た。まだ電車が通っていた。両側の商家は、起きている家が多かった。

ふと見ると、立派なショーウインドーの雑貨店があった。

「さア、君、ここで聞いて見よう。ステッキがあるかどうか。ね、君、ステッキさえあれば、一人で歩けるね。……オイ、返事をしないか。按摩さん」

びっくりして振り返って見ると、今までいた筈の盲人が影も形もなくなっている。

「ハテナ、奇妙だぞ。コラ、卑怯だぞ。どこへ隠れてしまったのだ。手だけ残して逃げちまうなんて卑怯だぞ。……だが待てよ。この俺の握っている手は、一体誰の手だろう」

左手を持ち上げて見ると、主なき手首も一緒について上がった。

「オイ、いたずらはよせよ。いやだぜ、おどかしちゃ」

酔っぱらいは、手首の主を探して、キョロキョロと身辺を見廻したが、誰もいない。いないくせに手だけはちゃんとあるのだ。

「さては、余り引っぱったので、あいつの手が抜けたかな」

ショーウインドーの光にかざして見ると、青白い手首がしっかりと彼の手にしがみついていた。手首から二の腕へと目を移して行くと、突然ポツンとちょんぎれて、赤黒い固まりになっていた。

「ワア、畜生め、畜生め」

紳士は踊るようにして、しきりに左手を振ったが、握り合わした死人の腕は、急に離れようともしなかった。

「誰か来てくれ。助けてくれ」

洋服紳士が、手を振りながら、気違いのように怒鳴っているので、たちまち人だかりになった。

「引っぱってくれ。この手を引っぱってくれ」

遠巻きにして近寄るものもなかった。死人の手をつかむのは、誰だっていやに違いない。

だが、間もなく、手首は、あきらめたように、紳士の手を離れ、ショーウインドーの漆喰壁《しっくいかべ》へ飛んで行って、グシャッとぶつかった。

人だかりのうしろに帽子をまぶかにした黒眼鏡の男が立っていた。

「何事ですえ？　酔っぱらいがどうかしたのですかね」

彼は低い声で、隣の人に尋ねた。

「人間の腕をつかんでいたのですよ。どこで拾って来たんだか、物騒《ぶっそう》な男ですね」

その人が答えた。

「ヘエ、人間の腕をね、酔っぱらって、人でも殺して来たんじゃありませんか。それで、その腕というのは、どんなですね。男ですか。それとも若い別嬪《べっぴん》の手首じゃありませんか」

「ごらんなさい。白くってスベスベしていますよ。若い女のらしいですね」

「ところが、あなた、わたしゃ目が見えませんのでね。へへへ……。若い女の手首ですか。凄うござんすね」

笑ったかと思うと、盲人はどこで手に入れたものか、もうちゃんと杖をついて、サッサとその場を立ち去って行った。

蜘蛛《くも》娘《むすめ》

それから二日ばかりのち両国国技館《りょうごくこくぎかん》裏の、見世物小屋で又しても非常な椿事《ちんじ》が起こった。

そこの広っぱには、(注4)常小屋《じょうごや》ではなくて、時々地方廻りの足溜りのようにして、小さな見世物がかかることがある。ちょうどその時は、いかもの中のいかものとも云うべき蜘蛛娘の見世物がかかっていた。

蜘蛛娘というのは、妙な階段のようなものの中程に、娘の首が乗っていて、その首を中心に蜘蛛の糸になぞらえた紐を張りめぐらし、首の周囲には、作りものの大蜘蛛の足が八本ひろがっている。つまり、綱の上を、人間の首を持った大蜘蛛が這っている形にみせかけたものだ。

仕掛けは至極《しごく》簡単で、娘は階段ようの箱の中へ身を隠し、首だけを上部に現わしているわけだが、鏡の作用で、ちょっと見るとほんとうに首ばかりのように思われるのだ。

もう夜の九時頃であった。蜘蛛娘だとて、一日ぶっ通し箱の中にいるわけにはいかぬ。食事もすれば、御不浄《ごふじょう》へも行くのだ。ちょうどその時も、娘の合図《あいず》があったので、一時客止めにして、中の客の出るのを待って、娘を箱の中から出してやったのだが、小屋の裏へ出て行ったかと思うと知らぬ間に帰って来て、独りで箱の中へはいってしまった。

いつもは、少しでも永く外に出ていたがる娘が、今日は馬鹿に神妙だと思いながら、親方は又客を集めはじめた。

「さア、いらはい、いらはい。これが有名な蜘蛛娘、胴体がなくて、首から八本の足が生《は》えている。さア、これからちょうど浅草小唄を歌うところです。首ばかりの蜘蛛娘が歌を歌う。ごらんなさいこれだ。この看板通り一分一厘《いちぶいちりん》違わない恐ろしい蜘蛛娘だ」

親方のお神《かみ》さんが、しわがれ声で、陰気な口上を喋り続けた。

しばらくすると、狭い場内には、チラホラと、それでも七、八人の見物がたまった。瓦斯《ガス》ランプが、臭い匂いを立てて、ほの暗く燃えていた。夜の陰影のために、見えすいた拵《こしら》えものが、何だか本もののようで、人間の首を持った巨大な蜘蛛が、ゴソゴソと階段を這いおりて来るように見えた。

娘はお下げに結った髪で、ふさふさと額から頬まで隠しているので、顔もハッキリと見えぬが、たしかに人間に違いない。

「さア、愛ちゃん、浅草小唄を歌うのだよ」

親方が木戸口から声をかけておいて、外の群集に向き直った。

「ホラ、お聞きなさい。あの通り、首ばかりの娘が、歌を歌います。さア代《だい》は見てのお戻り」

だが蜘蛛娘は何をすねたのか、一向歌い出さぬのだ。

「オヤ、何だか変だぞ」という、異様な感じが客達をおびえさせた。

ちょうどその時、突然木戸口のところで、恐ろしい怒鳴り声が響いた。

「アッ、お前どうしたんだ。どこへ行ったんだ」

すると、若い娘の声がかすかに答えた。

「ごめんなさい。ちょっとあすこの夜店を見ていたんです」

「嘘《うそ》を云え。又焼鳥の立ち食いをして来たんだろう。これからそんなことをすると、承知しねえぞ」

だが、叱っただけでは済まぬことがある。当の蜘蛛娘は焼鳥の立ち食いをして今帰って来た。すると、中の階段に首をさらしている奴は、一体全体何者だ。

親方は妙な顔をして場内へはいって来た。

たしかに居る。蜘蛛娘が二人いるのだ。

「オイ、お前だれだ」

親方が怒鳴った。しかし、階段の首は黙っている。

見物にも事の次第がわかって来た。皆ゾッとしたように青ざめて、逃げ腰になって、大蜘蛛を見つめている。

「オイ返事をしねえか」

親方はツカツカと階段に近づくと、娘の髪の毛を持ってグッと首を上に向けようとした。瓦斯の光で人相を見るためだ。

彼は、お下げの髪を、ギュッと一《ひ》と握《にぎ》りにして、力一杯持ち上げた。

「オイ、親方。いけねえ、いけねえ」

半纏着《はんてんぎ》の男が、まっ青になって飛び出すほど目を大きくして、頓狂な声で叫んだ。

「何がいけねえ」

親方はまだ気がつかぬ。

「見ねえ、それ見ねえ」

云われて、自分の手を見ると、親方もびっくりした。髪をつかんだ手は、何の手応えもなく、どこまでも上がって来るのだ。娘の首の下には、何もなかったのだ。胴体のない首ばかりだ。

「ワッ」

と云って、思わず手を離すと、生首は、何か生物《いきもの》のように、コトン、コトンと階段を転がって、見物達の足元へ飛びついていった。

「キャッ」

という悲鳴、たった一人の女客は、もう気絶せんばかりだ。男客もギョッとして、遠くへ飛びしさった。

女の生首は地面に転がったまま、じっと空間を睨んでいた。切り口は、牛肉みたいな桜色のビロビロになっていた。青ざめて死相になってはいたけれど、その女は非常に美しかった。芝居で使うお姫様の生首のように、よく整った目鼻立ちをしていた。しかし、生首などと云うものは美しければ美しいほど凄いものだ。

見世物小屋に生首が置いてあった。誰が持って来たのかまるでわからない。しかもそれが、蜘蛛娘の身代わりを勤めていたというのだから、非常な騒ぎとなった。たちまち小屋の前は、黒山の人だかりだ。

知らせによって、附近の交番からお巡りさんが飛んで来た。

親方夫婦はもちろん、蜘蛛娘も、数人の見物達も、帰宅を禁じられ、きびしい取調べが始まった。しかし、誰も生首の出所を知るものはないのだ。さっき、ほんとうの蜘蛛娘がご不浄へ行った間に、何者かが裏側の幕をくぐってしのび入り、その生首を置いて行ったのであろう、という程度のことしかわからなかった。

小屋の前の黒山の群集の中に、例によって一人の盲人がまじっていた。

「一体どうした騒ぎでございますね」

彼は側《かたわ》らの人に尋ねた。

「アア、お前さん目が見えないんだね、危ない危ない。サッサとお通りなさい。めくらが立っていたって仕様がありゃしない」

不愛想《ぶあいそう》な返事を聞いても、盲人は一向にひるまなかった。

「でも、聞かせて下さいな。人殺しでもあったんじゃないんですか」

「人殺しだって？　人殺しよりもっと恐ろしい事件だ。蜘蛛娘の首が、ほんとうの生首に変わっていたんだ」

「ヘエ、ほんとうの生首にね。で、それは一体誰の首なんですえ」

「うるさいね。それを知るものかね。どうせ、どっかの白首《しろくび》(注5)だろうよ」

附近に笑い声が起こった。

「すると、女ですね。フフフ……美しい女ですかね」

「別嬪だとさ」

別の若い男が答えた。

「フフフ……なるほど、なるほど、別嬪ですかね。あんた方その女を知らないのかね」

もう誰も、この執拗な盲人を相手にするものはなかった。

だが、木戸口の辺から、彼の問いに答えるかのように、頓狂な叫び声が響いて来た。

「アア、こ、この女、俺あ知っていますよ。旦那、こりゃお前さん、元浅草の帝都座に出ていた、レビューの踊り子でさあ、水木蘭子という女でさあ」

巡査がそれに対して何か云っている様子だ。

「アア、そうですかい。水木蘭子ですかい。可哀そうになあ、フフフ……」

盲人は独り言をつぶやきながら、トボトボと、どこかへ立ち去って行った。

めくら湯

水木蘭子殺害さるという噂が、パッと東京中にひろがった。警察は目ざましい活動を開始した。が、下手人《げしゅにん》は少しもわからぬ。下手人の代わりに、蘭子の身体の他の部分、すなわち二本の手と、二本の足と、一つの胴体とが、それぞれ意外な場所に散在していたことが発見された。

数日前、銀座街頭の雪だるまの中から転がり出した女の片足は、たしかに蘭子ののに相違ない。又ある日、浅草公園を、風船の重りになって飛んでいた女の片足は、やっぱり蘭子のものらしい。それから、ある夜、酔っぱらい紳士が、杖を失った盲人の手を引いて歩いているうちに、その手だけがスッポリ抜けて、手の主の盲人はどこかへ消えてしまった事件があるが、あの手はきっと蘭子の手だというので、それぞれ寄せ集めてしらべて見ると、たしかに同じ年輩の、同じ体質の、美しい女の身体の一部であることがわかった。

では残りの片手と胴体はどうなったのか。これも必ずどこか意外な場所に転がっているに相違ないと、刑事は血眼になって走り廻る。新聞は四段五段のでっかい見出しで書き立てる。どんな探し物だって、これでわからぬというはずはない。

早速ある屠牛場《とぎゅうじょう》から届け出があった。血みどろの牛の臓物《ぞうもつ》の桶の中に、こまごまに切りきざんだ人間の骨や肉がまじっていた。その分量を合わせて見ると、どうやら蘭子の胴体と片手に相当するというのだ。

その新聞記事が掲げられると、読者は笑い出した。死体の始末がどれもこれも、あんまり荒唐無稽《こうとうむけい》で、むしろ滑稽に感じられたからだ。

「なんぼ何でも、あんまりおかしいじゃありませんか。気違いの沙汰ですね」

如何にも気違いめいていた。滑稽でもあった。吹き出したいほど残酷に感じられた。アア吹き出したいほど残酷な！ 世の中にこれほど恐ろしい言葉があろうか。

しかも、まるで警察を馬鹿にした、無謀千万、大胆不敵の大罪を犯した奴が、どういうわけか、いつまでたっても捉《つか》まらぬのだ。そいつはいつも、蘭子の首や手足が発見された黒山の人だかりの中にまじって、警官達の目の前にいた。人々も警察も犯人を目撃しながら少しも疑わなかったのだ。その男は杖にすがった、不自由な盲人であったからだ。めくらがこんな大それた罪を犯そうなどと、誰が想像し得たであろう。

事件はいわゆる迷宮に入ったまま、一《ひ》と月《つき》二た月とたって行った。世を騒がせた大事件だけに、警察に対する非難も烈しく、あせり気味の当局は、幾人か犯人とおぼしき人物を逮捕したけれど、どれもこれも間もなく真犯人でないことが判明した。

さて、蜘蛛娘の騒ぎがあってから、三カ月ほどもたったある日のこと、新宿の盛り場の、瀧の湯という大きな銭湯の勝手口へ、一人のめくらが訪ねて来た。四十格好の醜い男で、杖にすがってトボトボと勝手口へはいって来る様子が如何にも不自由らしく、気の毒に見えたので、ちょうどそこに居合わせた銭湯の主人は、やさしく応対してやった。

主人は少しも知らなかったけれど、このめくらこそ兇悪無残の盲獣であった。

「あなたが旦那でございますか。実は折入ってお願い申したいことがあって、伺ったのですが」

めくらは上《あが》り框《がまち》に腰をおろすと、そんなふうに始めた。

「ごらんの通り按摩を渡世《とせい》にしている者でございますが、この節の不景気で思わしく仕事もなく、何かよい工夫はないものかと、思案に思案をしましたあげく、思いついたのがお湯屋さんの三助でございます。まだめくらの三助っていうのは聞いたこともありませんが、お湯であたたまった身体を、裸体のまま揉みほぐすのは、それは気持のよいもので、関西方面では、流しのほかに、按摩をやる三助さんもあると伺っています。こちらのようなご繁昌《はんじょう》のお湯屋さんには、そういう按摩があっても邪魔にはなりますまいし、ことによったら、案外評判になるかも知れません。イエ、流しの方も、なあに出来ないことはございません。一つためしにお使いなすって見ては下さらないでしょうか」

「なるほどね、按摩の三助か。こいつは存外愛嬌《ぞんがいあいきょう》があって面白いかも知れないね」

主人は物好きな男と見えて、この突飛《とっぴ》な申し出を一概に拒絶もしなかった。

「イエ、も、きっと評判になることは、請合いでございますよ」盲人はだんだん調子づきながら、「わたくしは、これで、勘《かん》はなかなかよい方でございましてね。滅多《めった》に粗相を仕出かすようなことは致しません。めくらだと思えば、お客様も気兼ねがないでしょうし、殊に女湯の方は、目のない三助が、調法《ちょうほう》がられるんじゃないかと思いますよ。いくら三助でも男に肌をジロジロ見られるのは、ご婦人がたにはあんまりよい気持ではございませんからね」

「如何にもね、おっしゃる通り、女湯にはうけるかも知れんね」

主人はだんだん乗り気になって来た。

盲人はそこをすかさず、雄弁に説き立てる。

「こう申しちゃ何ですが、療治にかけては、滅多にひけは取りません。素人《しろうと》の三助さんなんかとは、そこは、又味が違うと申すもので、エヘヘ……」

「だが、按摩さん、わしの方では別に異存はないが、お前さんの方が、流し賃の四分六(注6)

というようなことで、引き合いますかね。お湯屋では、とても高い按摩代は取れっこないのだが」

「それはもう、どうせ按摩稼業の方は、ちっとも仕事がないのですし、数でこなしますよ。それに評判さえよければ何とかやって行けないこともなかろうと存じます。ともかく一つやらせて見て下さいませんか。きっとうまく行くと思いますよ」

というようなことで、結局主人も承知して、その翌日から瀧の湯の流し場で、めくらの三助が働き始めた。自分でも云っていたように、なかなか勘のいい男で、危うげもなく、年期を入れた目あきの三助と同じように働いている。

これが評判にならぬはずはない。めくらの三助に一度揉ませて見ようじゃないかと、遠方からわざわざやって来る客もある。女湯では、最初気味わるがっていたが、顔に似合わぬ剽軽《ひょうきん》もので、面白いむだ口で人を笑わせたりするものだから、けっく目の見えぬ気易《きやす》さに、按摩の三助、按摩の三助と引っぱりだこになって来た。

もう今では瀧の湯とまともに呼ぶものはなく、「めくら湯」で通るほど、有名になってしまった。

真珠夫人《しんじゅふじん》

女湯の客の中に、真珠夫人と呼ばれる際立《きわだ》って美しい身体の持主があった。

「パール」という有名なカフェのマダムで、もう三十を余ほど過ぎた年増《としま》ではあったが、顔も美しく、顔にもましてその肌はまるで小娘のように滑らかで、健康に張りきっていて、この年になるまで、男を知らないのではないかと疑われるほど、初々《ういうい》しく見えた。

真珠夫人というあだ名は、家号《やごう》の「パール」から来たのだと云うものもあれば、その肌が真珠のように美しいからだと云うもののもあった。いずれにもせよ、真珠の名にそむかぬ、美しい婦人なのだ。

真珠夫人は、瀧の湯の常連で、来れば流しをとり、流しをとれば必ず例のめくら三助に頼むことに極《き》めていた。

ある日のこと、例によって、銭湯にやって来て、めくらの三助に流させていたが、まだ十時を少し廻ったばかりでほかに一人も客はなく、黙っているのも変なものだから、流しながら、流されながら、二人は何か世間話を始めたものだ。

「番頭さん、こうして毎日、女の子の身体をなで廻しているのも、いい加減うんざりするだろうね」

真珠夫人が、ニヤニヤ笑って尋ねた。

三助は、夫人のすべっこい背中へ、石鹸の泡を立ててグイグイこすりながら答える。

「どうして、どうして、わたしゃ、こんな楽しみな事はありゃしませんよ。めくらのことで、世間の人様のように往来の女の子の顔を眺めて楽しむとか、カフェへ行って、美しい女給さんにお酌をさせながら、その顔を眺めて楽しむとか、そういう楽しみが全くありませんのでね。わたし共には、女は顔じゃありませんよ。身体です。身体の格好、肌のよしあし、それを手の平で探って、ハハア、この人は美人だな、この人は左ほど美しくないなと、ちょうど目あきが顔を見て品定めをするように、めくらは指先で、女を見るのですよ。それにゃ、三助くらいあつらえ向きの商売はありゃしません。あたしゃ、この稼業をしているお蔭で、毎日毎日、美しい女の子を、沢山見せてもらって、これほど楽しみなことはありませんよ。エヘヘ……」

ほかに客のない気易さに、三助は無遠慮な話を始めた。真珠夫人は面白がって、そのかすように合槌を打つ。

「そう云えば、なるほど、そんなものかも知れないわね。ところで番頭さん、お前さんの指先で見たのでは、あたしはどちらだね。美人かい。それともおたふくかい」

「エヘ……。ご冗談でしょう。奥さんが評判の美人だってぇことは、いくらめくらでも、ちゃんと知っていますよ。お顔はわかりませんが、身体で云やあ、あたしゃ、こんな美しい身体は、生まれてから初めてです。イエほんとうです。このお湯へ来る何百という娘さんを束《たば》にしたって、奥さんに敵《かな》いっこはありませんよ。千人に一人、万人に一人、いや千万人に一人ってお身体です。数えきれないほど沢山の女の身体にさわって来た三助の云うことです。これほどたしかな話はありませんよ」

めくら三助は、だんだん薄気味のわるいことを云いながら、夫人のなだらかな肩から、生きた肴《さかな》の肉のようにピチピチと張りきった二の腕から、腋の下へと、泡だらけの指先を移動させて行った。

「ホホ……、うまく云っているよ。お前さん顔に似合わないお世辞ものだね」

「いや、奥さん冗談にしてはいけません。わたしゃ、真面目に申し上げているんですよ。ほんとうです。だがね、奥さん、たった一人だけ、わたしゃ知っていますよ。奥さんとよく似た身体をね」

「ヘエ、身体にもやっぱり、顔みたいに、よく似たのがあるものかねえ」

「ありますね。だが、奥さんのようなのは滅多にあるもんじゃない。たった一人だけいくらか似たのがあったと云うのです」

「誰なの？　やっぱりこのお湯へ来る人？」

真珠夫人はめくらをからかっている積りでも、競争者があると聞くと、つい本気になって尋ねる。

「そうじゃないんで。以前わたしが按摩をしている時分、一度だけ揉んだことのある人です。ご存知でしょう、ホラ、レビューの踊り子の水木蘭子」

「エ、水木蘭子だって？　あのむごたらしい死に方をした。オオいやだ」

夫人はゾッとしたように肩をすくめた。背筋の溝に溜まっていた白いあぶくが、ツルツルと腰の方へすべっていった。よっぽど不気味に思ったのであろう、肩から襟足へかけて、かすかに鳥肌《とりはだ》が立っていた。

「あの水木蘭子が、奥さんと似ていると云えば云えないことはありません。でもね、まるでたちが違います。見かけは同じようでも、とっても奥さんほどには行きませんや。蘭子の方は荒彫《あらぼ》りをした人形とすれば、奥さんは、細かい仕上げをして、とくさで磨《みが》いたほどの違いがありますよ。形は同じでも、手の入れ方が雲泥《うんでい》の相違でさぁ」

「ホホホホホホ、まあ面白いことを云うのね。お前さん、人の身体を流しながら、そんなに細かいことまで調べているのかい」

「エヘヘヘヘヘ、あたしゃ、目がありませんのでね。あたり前の三助と違って、指先の勘がいいのです。ちょっとさわっただけで、すっかり覚え込んでしまいますからね。失礼ですが、奥さんの身体のうちで、震《ふる》いつきたいほどよく出来ているのは、ここ、ここんとこですよ」

と云いながら、背筋の下の方へ、人差指で靨《えくぼ》を作って見せた。

「アラ、くすぐったい。いやだねえ」

「へへへへへへ、ここのふくらみのとこが、実によく出来ているのです。水木蘭子なんかとても敵やしません」

「蘭子と云えば、犯人はまだわからないようねえ」

真珠夫人は余りわが肉体をほめられるので、てれ隠しに話題を変えた。

「わかりゃしませんとも、わかりっこありませんよ」

めくら三助は、いやに力を入れて答えた。

「どういう気だろうねえ。あんなことをして。きっと気違いの仕業だよ。でなけりゃ、わけもなく死体を切りきざんだり、それを方々へ見せびらかしたりするはずがないもの」

「しかし、実に大胆不敵じゃございませんか。定めし愉快でしょうね。あれだけの芸当をやってのけたら」

「まア、この人は、何を云うんだね。気味のわるい」

「手は手、足は足、首は首、胴は胴と、つまり六つに切り離したわけですね。わたしゃ、お客様に新聞を読んで聞かせてもらいましたがね、手なんかは、ちょうどここんところから、ザックリ切り離してあったって云いますよ」

三助は手の平を刃物のように立てて、夫人の二の腕を切断する真似をして見せた。

「いやだよ、この人は。縁起《えんぎ》でもない」

「エヘヘ……、まあさ、話がですよ。胴体なんかは、こなごなに切りきざんで、屠牛場の臓物桶の中にぶち込んであったって云うじゃございませんか」

云いながら、彼は真珠夫人の背中を、ぐちゃぐちゃに切りきざみでもするように、指の腹で、グイグイとなで廻した。

肉文字

やがて、一人二人新しい客がやって来たので、この不思議な会話は、それきりになってしまったが、そのことがあってから、真珠夫人とめくら三助とは、一種の親しみを感じ合い、何ひとこと喋らずとも、三助の指の動き具合、夫人の身体のくねらせ方で、冗談を云い合ったり、挨拶をし合ったり出来るほどになった。

真珠夫人は、この醜い盲人に、異様な好奇心を持ち始めたように見えた。ともすれば、夫人の方から、肩をゆすって冗談を云いかけたりした。

それというのは、めくら三助の技術に特殊の魅力が潜んでいたからでもあった。彼は裸体按摩術にかけては、不思議な腕前を持っていた。ヌメヌメとすべる石鹸のあぶくの上を、十本の指が、大蜘蛛の足のように、快い拍子を取って、這い廻る。その指の下で、客の肉体は、水枕のようにダブダブと波打つのであった。

客達は、まるで催眠術にでもかかったように、目を細めて、彼等の裸体を、めくら三助のもてあそぶに任せていた。不思議な陶酔境《とうすいきょう》である。「めくら湯」が繁昌するのも決して偶然ではない。

真珠夫人も、その陶酔者の一人であった。殊に彼女に対しては、三助の方でも、腕によりをかけて、普通客の二倍三倍のもてなしをするものだから、その効果も一層大きく今では真珠夫人は、「めくら湯」に来るのが楽しい日課になっていたほどだ。

めくら三助は、それを待ち設けていたのだ。鋭い触覚で、相手の心理の変化を悟ると、彼はいよいよ最後の手段を実行した。

真珠夫人は、その頃から、盲人の揉み方に、異様な変化が起こったのを感じ始めた。

めくらは、サッサッといつもの揉み方のあいの手のように、背中の平らな部分へ人差指の腹を当てて、妙に角ばった変な揉み方を混ぜるようになった。

最初は、何のことやら少しもわからなかったが、毎日毎日、同じことをくり返されるので、だんだんその意味を合点《がてん》しはじめた。

三助は彼女の背中へ字を書いているのだ。いつも同じ仮名《かな》文字を、根気よく、くり返しくり返し書いているのだ。

とうとう、それとわかったものだから、何食わぬ顔をしながら、背中の肌に注意力を集中して、一字一字拾ってみると、次のような文句になった。言わば肉文字の秘密通信である。

「コンヤ一ジミツコシノウラデマツ」

今夜一時「三越」の裏で待つというのだ。

夫人はその意味を悟ると、醜い盲人の余りのあつかましさに、吹き出したくなった。この片輪者は、わたしに媾曳《あいびき》を求めているのだ。何て滑稽なんだろう。

その日は相手にもしないで帰って来た。

だが、めくら三助の方では、少しもあきらめず、流しをとる度ごとに、一字一句同じ文句を、くり返しくり返し、うるさいほど書いて見せるのだ。この男は、一体あたしをどうしようというのかしら、まさか手ひどいことをしようというわけではあるまい。片輪者の執念で、真《しん》からあたしを思っているに違いない。やさしい言葉の一つもかけてやれば、ゾクゾクと嬉しがって、奴隷のようにあたしの足元にひざまずくのだろう。何も一興だわ。今夜一つこの男のベソをかくところを見てやりましょうかしら。

夫人がそんな気を起こしたというのが、すでに怪物の魔力に征服されはじめていた証拠なのだ。しかし、まさかこのめくら三助が、あんな恐ろしい男とは知る由《よし》もなく、夫人はとうとう、背中の肉文字通信に承諾を与えてしまった。

「……ウラデマツ」

と指の動きが止まった時、夫人は独り言のように、

「エエ、あたしそうするわ」

と色よい返事を与えてしまった。

それを聞いためくら三助は、別に口は利かなかったが、顔じゅうに女郎蜘蛛のような醜い皺をよせて、さも嬉しそうに、ニタニタと笑ったものである。

その夜一時、真珠夫人は、店の方を体《てい》よくつくろって、約束の三越百貨店の裏へと出かけて行った。

賑やかな大通りさえ、もう寝静まって、ヒッソリとしていたくらいだから、三越裏

の暗闇は、まるで人里離れた谷間のように不気味であった。

四つ角に立って躊躇《ちゅうちょ》していると、闇の中から、杖にすがった盲人が、物《もの》の怪《け》のように現われて来た。

鋭敏な彼は気配《けはい》でそれと察したのか、或いは真珠夫人の匂いをかぎつけでもしたのか、まるで目の見える人のように、まっ直ぐに夫人の側へ近づいて来て、

「奥さんですか」

と、異様なささやき声で尋ねた。

「エエ、そうよ、お前さんの頼みを聞いて、わざわざここまで来て上げたのよ」

夫人はてんで相手を眼中に置かぬ調子で、恩に着せるように云った。

「ありがとうございます。わたしゃこれで本望《ほんもう》ですよ。まさか奥さんは来て下さらないと思いました。でもよく、わたしみたいなものの頼みを聞いて下さいましたね。ありがとう、ありがとう」

盲人は嬉し涙にむせぶばかりだ。

「で、どうするの？　こんなとこに立っていたってしょうがないわね」

「エエ、わたしゃ、ちゃんと、それも考えてあるのですよ。奥さん、ホンの三十分ばかり、わたしにつき合って下さいませんか。つき合って下さるでしょうね。ね」

「エエ、いいわ。して、どこへ行くの？」

「マア、わたしにお任せ下さい。車を雇っておきましたから、ともかくあれに乗って下さい。ね。乗って下さい」

盲人は夫人の袖を握って、その方へグングン引っぱるのだ。

引かれてついて行くと、暗闇の中に、一台の自動車が待っていた。

「オヤ、めくら三助のくせに、自動車なんて生意気だわ」

夫人は心のうちで少々驚いたけれど、今さら躊躇することもない。どうせ相手はめくらだとたかをくって、その車に乗り込んだ。続いてクッションに納まった盲人は、

「さア、やって下さい」

と運転手に声をかけた。行先はすでに命じてあったものと見える。車は走り出した。

美しい三十女と醜い盲人、何とも形容の出来ない不思議な取り合わせの客を乗せた車は、深夜の大通りを、いずこともなく走り去った。

紫檀の太腿

さて、それからどのようなことが起こったか。読者諸君は恐らくとっくに推察され

たことと思うが、真珠夫人もやっぱり例の不気味な人体彫刻のある地下の密室へ連れ込まれ、そこでありとあらゆる情痴の遊戯を尽したことは、かつての水木蘭子の場合と大差はない。

人体の各部を、或いは縮小し、或いは拡大し、或いはある部分ばかりを一《ひ》とかたまりに寄せ集め、それを壁と云わず、床と云わず、厚い木材を浮彫りにした、かの陰惨奇怪なる密室の光景は先に詳しく記述した。

又、その密室での、盲獣と犠牲者との、物狂わしき鬼ごっこ、(注8)丈余《じょうよ》の巨大なお尻の辷《すべ》り台、群がる乳房の壁、不気味に生え群がる手や足の森林、その中での裸体男女の(注9)「めんない千鳥」、これも又蘭子の場合に詳述した。

真珠夫人について、又それをくり返す必要はない。ほとんど同じ狂態が演じられ、ほとんど同じ会話が取りかわされ、真珠夫人もこの恐ろしき盲獣の前に完全に降伏してしまったと記せば充分であろう。

相手が完全に我が物となったとわかると、その瞬間から、相手に興味を失い、あれほどの執念をサラリと捨てて、反対に殺人魔の本性を現わし、情痴の絶頂において、相手のなまめかしき肉体を傷つけ、わめき叫ぶいけにえを眺めて喜ぶのが、盲獣の恐ろしきならわしであった。

その時、盲獣は、例の紫檀で出来た巨人の太腿の上に、薄物一重《ひとえ》の真珠夫人を横たわらせ、彼は情痴の按摩となって、滑《すべ》っこく弾き返す夫人の(注10)膩肉《じにく》を、くねくねとなでさすっていた。

盲獣の奇怪なる魅力に溺れつきた真珠夫人は、床の巨像の、冷たい紫檀の肌に、グッタリと身を投げて、眼を細め、筋肉の力を抜いて、全身を相手のもてあそぶがままに任せていた。

「わしはこうしてお前の身体を撫でていると、どうもあの水木蘭子を思い出して仕方がないのだよ」

盲人が、不思議な笑いを浮かべながら云った。

「まア、お前さん、蘭子のことばっかり云っているのね。どうもあやしいよ。あたしみたいにして、あの蘭子を手に入れたことがあるのじゃない？」

真珠夫人は、ほんとうに嫉妬を感じているらしい調子だ。

「ウン、実はね（驚いてはいけないよ）わしは蘭子をここへ連れ込んだことがあるのだ」

盲獣が舌なめずりをして、薄気味わるく告白した。

「まア、やっぱりそうなんだね。お前さんあたしに嘘をついていたんだね。して、蘭子ともやっぱりこんなことをして遊んだの？　こうしてもんでやったの？」

「ウン、もんでやったよ。しかもちょうどこの紫檀の大女の腿の上でね。その時、蘭子も今お前がしている通りの格好で寝そべって、わしにもませていたのだ」

「アラ、いやだわ。じゃ、ここんとこへ蘭子も寝そべったのね」

「そうとも、お前、その紫檀の肌を嗅《か》いでごらん。別の女の匂いがしやしないかい。わしには、こうしていても、そこに漂っている昔の蘭子の移《うつ》り香《が》がちゃんとわかるのだよ」

真珠夫人は、それを聞くとゾッとしたように、身をそらせて、クンクンと紫檀の小山を嗅いでみた。

「アア、するわ。いやあな毛唐女みたいな匂いがするわ。まア、気味がわるい」

「ハハハハハハハ」盲人が低く笑った。「今に匂いよりも、もっと気味のわるいことがわかって来るかも知れないよ」

「いやだわ、おどかしちゃ。……さっきお前さん、蘭子がその時、今のあたしと同じ格好をしていたっていったわね。その時って、いつの事なの」

「蘭子が殺された時さ」

盲人は、夫人を撫で廻す手を休めず、声も変えないで答えた。

「殺された時って？」

夫人は相手の意味がよく呑み込めないで、まだ平気な調子で尋ねた。

「蘭子が殺された時さ」

「アア、じゃ、お前さんがあの女をここへ連れ込んだのは、ちょうど殺される前だったのね」

「そうとも。殺される前だったとも。でなけりゃお前と同じようにふざけられやしなかったわけだからね。わし達は半年近くもここでふざけ暮らしていたのだよ。そして、わしはもう飽き飽きしてしまったのだ。これじゃやりきれないと思ったのだ。そこでとうとう決心したのさ。蘭子を殺してしまおうとね」

「エッ、もう一度。変なふうに聞こえたわ。今あんた何て云ったの？」

「蘭子を殺してしまおうと決心したのさ。その決心をした時、蘭子がちょうど今のお前の通り寝そべっていたって云うのさ。それをわしが、やっぱり今のように撫で廻していたって云うのさ」

「まア、怖い。むろん冗談でしょ。あたしびっくりするじゃないの」

夫人は、顔をねじ向けて、盲人の表情を盗むようにしながら、おずおずと云った。心臓の鼓動が早くなって来た。

「蘭子もそう云ったよ。『冗談でしょ』ってね。だが冗談ではなかったのさ。いつの間にか、あの女の腰に太い縄が巻きついていたのさ」

盲人は、何でもない世間話でもしているような口調で、恐ろしいことを云いながら、何時の間に用意していたのか、うしろから太い麻縄を取り出し、それを手早く真珠夫人の、ほとんど裸体の腰に巻きつけて行った。

読者も知る通り、彼は蘭子を殺害する場合、こんなことをしたわけではなかった。相手を怖がらす一つの手だてなのだ。何もかも蘭子の時とそっくりだと云って聞かせることが、犠牲者をどんなに慄《ふる》い上がらせるかをよく知っていて、その恐怖が眺めたかったのだ。美しい女の死にもの狂いの恐怖を眺める、あの限りなき悦楽に耽りたかったのだ。

巨人の口

「いけない、いけないいったら……」

夫人は腰に食い入る縄目をはずそうともがきながら、ゾッとするような泣き笑いをした。

「おどかしちゃいや。ねえ、あんた。嘘だわね。嘘だとおっしゃい。でないと、あたし……」

「ウフフ……」盲獣は嬉しそうに笑った。「妙だね。蘭子もやっぱり、その通りのことを云って、わしに哀願したものだよ。だが、わしは許さなかった。許す代わりに、隠し持っていた短刀を抜き放って、ギラギラと振って見せた」

と、その通りのことが起こった。盲獣はドキドキ光る短刀を抜き放って、横たわっている真珠夫人の頸筋《くびすじ》へ、その氷のような刃先を、ペタペタと当てた。

夫人は思わず、「ヒイ――」と悲鳴を上げた。

やっぱりほんとうだ。この不気味なめくらは、本気で私を殺そうとしているのだ。と思うと、余りの恐ろしさに身体じゅうの血が凍るかと疑われた。

「やっぱりお前もだね。ホラ、身体じゅうの産毛が逆立って、羽をむしった鶏みたいな鳥肌になった。蘭子も同じ発作を起こしたものだよ。だが、わしは、美しい女の鳥肌は決してきらいではないよ」

盲獣は云いながら、鳥肌立った夫人の身体を、さも嬉しそうになで廻すのだ。

真珠夫人は、もう無我夢中《むがむちゅう》であった。

死にもの狂いに盲人の手をはねのけて、巨人の腿の辷り台を、おかしなかっこうで、こけつまろびつ逃げ出した。

だが、逃げようとて、逃げおおせるものではない。その用心に、ちゃんと麻縄がついているのだ。その腰縄の長い一端を、盲獣の左手がしっかりと握っているのだ。

真珠夫人は今や、真っ白な、大きな猿廻しのお猿でしかなかった。彼女はしかし、かなわぬまでも、盲獣の刃《やいば》を逃れようと、或いは木製のお尻の山をよじ、或いはゴム製のお乳にすがり、或いは手や足の林を分けて、野獣に狙われた一匹の牝羊《めひつじ》のように、哀れに逃げまどった。

「ホラ、逃げろ、逃げろ。オット危ない、あんよは上手。さあ、今度はそこへよじ昇るのだ。その大きな口の洞穴《ほらあな》へ逃げ込むのだ。蘭子もやっぱりそこへはいったものだよ」

盲人は縄と一緒に夫人のあとを追いながら無残なかけ声を忘れなかった。

夫人は、「ヒイ……ヒイ……」と、まるで奇妙な笛のように、悲鳴を上げ、裸体のお神楽踊《かぐらおど》りみたいに、滑稽に手足を踊らせながら、不思議なもので、盲人が暗示を与えた通り、部屋の突き当たりの例の巨人の口の前までたどりついた。そして、その一尺も厚みのある唇に手をかけ、足をかけ、一つ一つが碁盤ほどの大きさの白歯の列を踏み越えて、やどかりが貝殻にもぐりこむように、ゴソゴソと喉の方へ這い込んで行った。

だが、盲人はその喉の部分の扉を固くとざしておいたので、それから奥へはいり得ぬ。そこで、巨人の白歯の間から、真珠夫人のかがめた両足と、丸いお尻が、頭かくして尻隠さずに、ちょっぴりと覗《のぞ》いているのだ。

「ハハハ……、そこでとうとう袋の鼠だね。ハハハ……。怖いかね。震えているね。ホラ、どうだ。少しはチクチク痛むかも知れないぜ」

盲獣は、もうよだれを垂らさんばかりに喜悦して、メスのような短刀の先で、チクリチクリ夫人の足とお尻を突いた。

突かれる度《たび》ごとに、まっ白な皮膚に、美しい紅《べに》の絵の具がにじみ出した。そして、さほどでもないのに、巨大な喉の奥から、ヒイ……ヒイ……とたまぎる悲鳴が漏れて来た。

女泥棒

それから、あの闇黒の地下室にどのような戦慄すべき光景がくりひろげられたか、作者はそれをここに如実《にょじつ》に描き出すことは、遺憾《いかん》ながら遠慮しなければならない。で、それは蔭の出来事とぼかしておいて、全く別の方面から、真珠夫人のその後の運命を物語ることにする。

小石川区《こいしかわく》のS町に絹屋《きぬや》という古風な呉服店がある。明治初年以来の老舗《しにせ》を誇りとして、百貨店風の新営業法を軽蔑し、昔ながらの店構え、番頭小僧が前垂れがけで、畳敷きの店先に、そろばんを前に控えているという、風変わりな呉服屋さんである。その店へ、ある夜大胆不敵な女賊《じょぞく》が押し入ろうとしたのだが、それが、盲獣物語とどう結びついて来るのか、読者よ、しばらく作者の語るところを聞き給え。

絹屋では店をしまうと、昔風の大戸をおろして、店員達は、とりかたづけた店の間に蒲団を並べて、番頭から小僧に至るまで（といっても合計五人しかいないのだが）昔風にやすむことになっていた。

夜がふけて、十二時を過ぎると、山の手の静かな町のことだから、表通りにバッタリ人足《ひとあし》がとだえ、三十分毎に拍子木《ひょうしぎ》を叩いて廻る夜番のほかには、何の物音もせず、現代の東京で丑満時《うしみつどき》という言葉がふさわしいのは、恐らくこの町であろうと思われるほどであった。

絹屋の店の間には、大きな鼾《いびき》、小さな鼾、小僧さんの歯ぎしりなどが、夜の静けさをひとしお深めていた。

二時である。

さっきから、表の大戸の下に、コソコソと異様な物音がしているのだが、熟睡した店員達は少しも気づかない。

　三十分ほども気永《きなが》に、ひそかな物音が続いていたかと思うと、大戸の下の地面に、トンネルみたいな穴が出来て、そこから白いものが、蛇の鎌首のように、ニューッと覗いた。

　古風な店には古風な泥棒である。ニューッと覗いたのは泥棒の手首で、そうして大戸のクルルをはずそうとしているのだ。彼奴《きゃつ》、店の間に店員達の寝ているのを知らぬはずはない。して見ると、近頃流行の二人組三人組の恐ろしい兇器を携えた強盗なのであろうか。

　小僧さんの一人が、ムニャムニャと口の中で何かを噛みながら、寝返りをうった拍子に、一方の足が若い番頭さんの腹の上へ、ドシンと乗っかった。

　何が仕合わせになることか、小僧の不行儀《ふぎょうぎ》のお蔭で番頭が目を醒《さ》ました。そして、醒ました目がちょうど大戸の下に向いていた。

　彼の寝ぼけた目に、異様な光景が写った。大戸の下で、白い生きものが、モゾモゾと動いているのだ。

「オヤ、白犬かな。いやそうじゃない。大根のお化けかな。ハハハ……、俺は夢を見ているんだ、夢だ、夢だ」

番頭さんのボヤケた意識がそんなことを考えた。

「いやいや、夢じゃない。俺は起きているんだ。すると、ヤ、ヤ、大変だ。泥棒だ。泥棒がはいりかけているんだ」

やっとそれがわかった。

番頭は隣に寝ていたもう一人の若い番頭の腕をキュッとつねった。

「シッ、シッ、声を立てるんじゃない。アレ、アレをごらん」

目を醒ました相手に、半分は目で物を言った。

「大声で怒鳴ったら逃げ出すにきまっている。が、それじゃ面白くない。一つあいつを生捕《いけど》りにしてやろうじゃないか」

血気の番頭さんは、目で相談した。こちらは大勢いるんだ。怖がることはない。あの手首をギュッとつかんで、縛りつけてしまったら、と思うと、新聞の社会面に、写真入りで手柄話がのることさえ想像されて、気がはやった。

二人はしめし合わせて、丈夫な細引(注11)を用意して、抜き足さし足大戸へと忍び寄った。

何も知らぬボンクラ手首は、窮屈《きゅうくつ》そうに、クネクネと滑稽な踊りを続けていた。それにしても、イヤになまっ白い腕だなあ。

一、二、三。

二匹の蛙がパッと獲物に飛びついた。

「よしッ、つかんだぞ。畜生め、離すもんか。さあ、細引だ。細引だ」

瞬くまに、手首はグルグル巻きにしばりつけられた。一人の番頭が、その細引の先を腕に巻いて、グングン引っぱる。騒ぎに目を醒ました小僧さんまで、面白がってはやし立てる。

「オイ、誰か旦那様に申し上げろ。それから警察へ電話をかけるんだ。只今強盗を生捕りにしましたから、直ぐおいで下さいって」

単調に苦しむ若者達にとって、こんな面白い遊戯はない。外では哀れな泥棒が、血を吐く思いでもがき廻っているのに、勝利者達は手柄を立てた嬉しさで有頂天だ。

「オイ、泥棒君。もがいたって手首がしまるばかりだ。観念したまえ。直ぐお巡りさんが来るからね。少しの我慢だよ」

だが、外の泥棒はウンともスンとも云わぬ。不気味に黙りこくって、ただ縛られた手首だけが気違い踊りを踊っている。

やがて踊り疲れた手首が、グッタリとなった。そして、外《そと》で何か初めたのかゴソゴソと音がする。

「泥棒め観念したと見えるね。……だが、変だぜ。アラ、アラ……」

力をこめて引っぱっていた細引がズルズルと手元に帰って来た。結び目が解けたのか。いやそうじゃない。手首はちゃんと縛られている。その手首まで一緒になって、ズルズルとこちらへ抜けて来るのだ。

「ワァ……」

何とも云えぬ叫び声が、人々の口をほとばしった。

手首が際限《さいげん》なく伸びて来る。手首だけがだ。その向こうに胴体がないのだ。

「ア、血だ。血だ」

小僧が悲鳴を上げた。

二の腕からスッパリ切り離され、切り口からタラタラと血の糸だ。

「やりやがったな」

誰かが上《うわ》ずった声で叫んだ。

泥棒はわが身を全うするために、われとわが腕を切り離して逃亡したのだ。恐らくはその切り口から、ポタポタと、地面に血を垂らしながら。

何という荒療治《あらりょうじ》。何という大胆不敵の所業《しわざ》であろう。

最初の二人の番頭は、まっ青になって、唇をワナワナ震わせている。

「恐ろしい奴だ。これほどの悪党が、果してこのまま泣き寝入りしてしまうだろうか。いつか仕返しにくるのではないだろうか。こんな残酷な目に会わせたのだから、ひょっとしたら命まで狙われるのではあるまいか」

それを思うと生きた空《そら》はなかった。

「オイ、こりゃ男じゃないぜ。すべっこい女の腕だぜ。この細い指を見給え」

一人の番頭がそれに気づいた。

なるほど、どう見ても女の腕だ。では女盗賊だったのか。女のくせにこんな思いきった荒療治をやってのけたのか。

一同シーンと静まり返ってしまった。何とも云えぬ淋しい物凄い感情にうちのめされたのだ。

怪按摩

「腕を切って逃亡した大胆不敵の女賊」の記事は、翌日の新聞を賑わせた。これを読んで、誰一人恐ろしさに震え上がらぬ者はなかった。むろん警察は、この片腕の主を手を尽して探し求めたけれど、女賊は影さえも見せなかった。しかも驚くべきことは、その事件の翌々日、今度は河岸《かし》を変えて大森のある質屋に、同じ手口の賊が押し入ろうとした。そして、絹屋呉服店と同じ惨事がひき起こされた。

あとでわかったところによると、その同じ夜、女賊は大森で三カ所も、例の土を掘って手首を入れるやり方で、忍び込もうとしたが、どこでも家人に騒がれて目的を果さず、最後に狙った質屋で、又しても失敗を演じたのであった。

その質屋の若い番頭は絹屋の事件を知らなかったものと見え、又しても屋内に侵入した手首に縄をかけた。そして女賊は同じように我が手首を切断して逃げ去った。絹屋の手首は右、この質店の手首は左、共に柔らかい女の腕で、両方とも同一人であったことが確かめられた。

×　　×　　×

「もっともね、質屋へはいった時には、もう右手はないのだからね。きっと相棒がいて、女賊の腕を切ったのだろうという噂だよ」

絹屋呉服店の奥の間で、主人が按摩に肩を揉ませながら、新聞を前にして、女賊の話をしていた。

「すると、なんでございますね。その女賊は両手とも切ってしまって、あの妻吉《つまきち》（注12）という芸者みたいな姿になってしまったのでございますね」

按摩が白い眼をむいて、合槌をうった。

「ウン、恐ろしいことだよ。何という強情我慢な奴だろうね。それに、驚いたことは、大森へはいったのは、わしの家で右手をなくした翌々日なんだぜ。大抵のものなら、傷の痛さに熱を出してウンウン唸っていなければならないはずだからね。怖い女だよ」

「そうでございますね。人間じゃありませんね。それで、そいつはまだ捉まらないのでございますか」

「ウン、少しも手掛かりがないのだそうだ」

「怖いことでございますね。私どものような貧乏人はそうでもありませんが、こちら様のようなお金持ちは、当節、油断がなりませんねえ」

按摩は、主人の肩を肘でグリグリやりながら、なぜか、気味わるくニヤニヤと笑った。

「お前さん近所かね。初めてのようだが」

「いえ、大分遠方でございますよ。不景気でございましてね。こうして笛を吹いて流して歩かないと、おまんまが頂けませんので、へへへ……」

しばらくすると、

「アア、ちょっと待っておくれ、不浄へ行って来ますから」

と云って、主人は立ち上がって、縁側へ出て行った。

「ヘエ、ヘエ、どうかごゆっくり」

按摩は猫なで声で主人を送っておいて、スルスルとうしろの箪笥へ這い寄った。小《こ》抽斗《ひきだし》に手がかかる。サッと中の一物を取り出し、ふところにねじ込むと、抽斗をしめて元の席へ飛び戻り、何食わぬ顔で指をポキポキ折りはじめた。

さっき使いの者が持って来た大金が、その抽斗へしまわれたことを、目こそ見えね、鋭い勘の力で、ちゃんと覚えておいたのだ。

盲獣が彼の罪悪の資金を調達する方法は、凡《およ》そかくの如きものであった。贋按摩となった彼は、この訪問によって、真珠夫人切断死体陳列の効果を確かめると同時に、資金調達の目的をも達したのだ。

女賊なんてありはしなかった。ただ二本の生腕《なまうで》があったばかりだ。それを、さも女賊の腕の如く見せかけて、世間を騒がせたのは、例によって盲獣の兇悪無残なる虚栄心がさせた業《わざ》であった。

二本の生腕はどこから得たのか。云わずと知れた、真珠夫人の死体からだ。女賊の腕として、アルコールの瓶詰《びんづめ》になって、警察に保管されているのは、可哀そうな真珠夫人の二本の腕であった。

砂遊び

大森の事件があった二、三日のち、舞台は鎌倉由比《ゆい》ヶ浜《はま》の海岸である。

その日はひどくむし暑い日だったので、まだ六月なかばというに、海は気早やな遊泳者で可なり賑わっていた。

色とりどりの浜傘が（というのは[注13]シーショア・アンブレラの事だが）砂浜に五色のきのこと生えて、肥えたの、痩せたの、白いの、黒いの、あらゆる型の肉塊《にくかい》が、寝そべったり、坐ったり、泳いだり、走ったり、躍ったり、はねたりしていた。

砂遊びに興じるものもある。坊やに砂の中へ埋められ喜んでいるお父さん。恋人の足の上に砂の山を築いて、それをぺたぺた叩きながら嬉しがっている若者。砂で巨大な裸体の臥婦《がふ》を描いて曲線を楽しんでいるいたずら者。それらの砂遊びの人々の中に、紅白ダンダラの水着を着た、奇妙な盲人がいたのが人目をひいた。

彼は朝早く、海岸に人気《ひとけ》もない時分から、もう砂遊びを始めて、終日それを楽しみ、夕暮れ人々が帰り去ったあとまで居残っていた。

この醜い盲人にも、恋人があった。(人々はそうだろうと思った)しかも飛び切り美しい恋人だった。

彼は首まで砂に埋まった美しい人の側に寝そべって、あきず話し合っていた。女は美しい胴体を砂に埋めて、首と足だけを出して、その足の先をピンピンさせながら、甲高《かんだか》い声で笑った。

「なんて睦《むつ》まじいんだろう。あのめくら、きっとお金持なんだぜ」

「めくらだって、海岸へ来らあね。美人を連れて。お金持ならね。畜生ッ」

不良どもがささやきかわした。

そして夕方になった。海岸のきのこは、一つ減り、二つ減り、肉塊どもは三々五々、肉塊を包んで帰り去った。

盲人もいつの間にかいなくなった。広い広い夕暮の浜辺に、見渡す限り三人きり人がいた。そのうちの二人は、恐らく生まれて初めての媾曳に、帰りを忘れた若い男女であった。

彼等は小高い丘に、水着のまま腰を並べて、夢中に話し合っていた。

「まア、だアれもいなくなっちゃったわ。もう日が暮れそうだわ」

少女がふと驚いたように叫んだ。

「夕暮れだよ。だアれもいないよ。でも、そのうちうしろの売店に燈《ひ》がつくよ。そして、又浜が賑わいだすのだよ」

青年が呑気に答えた。

「まア淋しい。あたし達、二人ぼっちなのね」

「ウン、でも、もう一人いるよ」

「どこに？」

「ホラ、向こうの浜辺に」

「まア、あの人、リュウマチを療治しているの？　砂の中へつかってしまって」

「療治なもんか。リュウマチが倍ひどくなるよ。あんなことしてたら」

「じゃ、苦業《くぎょう》をしているの？　それとも、ああやって、自殺しようとしているのかしら」

「ウン、そうかも知れないね。僕はね、お昼っころから、あの人を見ているんだよ。いつもああして埋まっているんだ。少し変だね」

「呼んで見ましょうか。オーイ、オーイ」

「オーイ」

「泰然としているわ。つんぼかしら」

「冗談じゃない。少し心配になって来たぜ。オイ、行って見ようよ。どうかしたんだよ。きっと」

二人は砂まみれのお尻を揃えて駈け出した。

砂に埋まっているのは、盲人の連れの美しい女だ。やっぱり足だけ出して、砂につかっている。

青年男女はその前に立ち止まって、観察した。

「オイ、ごらん。眠っているんだよ。いい心持に。……だが、おかしいね。この人、化物みたいな大女だよ。足があんなとこにある。ホラ、目分量《めぶんりょう》でも、たっぷり七尺。オイ、いやだぜ、この人、七尺もあるぜ」

「キャー」

おびえた娘さんは砂を蹴って一目散《いちもくさん》に逃げ出した。

夕暮れの浜辺の怪異だ。

「食いつきやしないよ。馬鹿だな。だが、何となくオドロオドロしき感じだぜ。君、君、風を引きますよ。起きたらどうですか。……オヤッ、こいつはいけない。死人だ」

青年もさすがに逃げ腰になった。

「ねえー、どうしたのよう」

遠くから娘さんが呼んでいる。

「誰か呼んでくれたまえ。大変だ。死んでいるんだ」

娘さんは直ちに売店の方へ、急を知らせに走った。

先《ま》ず屈強《くっきょう》の浜の若者が三、四人駈けつけた。

「どこの人だろう。美人だなあ」

「ともかく掘り出して手当てをしなきゃ、まだ死にきってはいないだろう」

そこで、てんでに砂を掘りはじめた。死美人の首と足との間に、瞬く間に穴が掘られて行く。

掘りながら人々は名状し難い恐怖に襲われた。砂の中には掘っても掘っても少しも手ごたえがなかったからだ。

もう我慢しきれなくなった一人が、いきなり「ギャア」と悲鳴を上げて飛びのいた。

砂の中は空っぽだった。この死美人には胴体がなかった。首がある。足がある。だが中間は空虚なのだ。

一同ゾーッと水をあびせられたような気持で、飛びのいたまま、立ちすくんでいる。

もし誰かが「ソラッ」と逃げ出したら、一人としてそこに踏み止《とど》まるものはなかったであろう。

だが逃げ出すまでに、後詰《ごづめ》の人数が駈けつけた。浜の若い人達だ。

美しい首に手をかけると、コロコロと砂の上を転がって、むごたらしい切り口が現われた。ドス黒い肉の間から頸の骨が不気味に覗いていた。足を引くと、二つとも、スッポリ抜けた。膝から切断したものだ。

「道理で背の高い女だと思った。これならいくらだって伸びるわけだ」

夕闇の浜辺は、さきほどの淋しさに引きかえて、たちまち黒山の人だかりとなった。

「殺人事件、殺人事件」

群集の間に恐怖の声が、騒然として湧き起こった。

寡婦《かふ》クラブ

東京市中には、或いは真面目な、或いは淫蕩《いんとう》な未亡人達のクラブが、幾百となく存在することであろうが、美人寡婦大内麗子《おおうちれいこ》が加入していた小クラブは、その後者に属する極端なものであった。

会員は年長四十歳から、最年少二十五歳の麗子を加えて四人。赤坂区《あかさかく》のとある家を借り受けて、月に二回ずつ秘密の寄合いをすることになっていた。

今夜も、その会合があって、四人のあぶらぎった未亡人達は、しめきった二階座敷《ざ》に車座《くるま》になって、奇怪な秘密話に耽っていた。時は初秋、前章の海岸生首事件から二《ふ》た月《つき》ばかりの後のお話である。

「で、そのめくら三助っていうのは、一体どんな男ですの」

最年少の大内麗子未亡人が尋ねた。四人の内この人だけが洋装をしていて、その飛びきり新しがった型が、すばらしく似合う新時代風の美人であった。

「あんた。ごらんになったら、ゾッとするわよ。きっと」

四十歳の松崎未亡人が、黒々とした断髪の、不気味な白粉《おしろい》顔に、大袈裟な表情で答えた。

「汚ない男？」

「エエ、汚ないよりも、恐ろしいのよ、あたし、上野の動物園で、いつかあんな顔を見たことがある。虎だとか獅子だというんじゃなくって、もっと小さな陰険な、それはいやらしいけだものよ。何という名前だったか忘れちゃったけれど、そいつによく似ているのよ」

「でも、どこか、たまらなくいいとこがあるんでしょ。あんたが、わざわざ今夜紹介して下さるくらいだから」
三十五、六歳の、これは洋髪の、非常に大柄《おおがら》な、艶々《つやつや》とした赤ら顔の下田未亡人が口をはさんだ。
「それはモチよ」この大年増、いやに子供っぽい不良言葉を得々《とくとく》として用いる。

「あんまり評判が高いもんだから、あたしわざわざそのお湯屋へ行って見たのよ」

「自動車で？」

「そう、大変だわね。ハハハハハ。ところが、番が来て、そのめくら三助が、あたしの肩につかまると、驚いた。とても口では云い現わせやしないわ。あの上手な揉み方っていうものは」

「ホホホ……、目を細くして！」

「そう、ほんとうに目が細くなっちゃうの。……とにかく、あの指はすばらしいものよ」

そんな話をしているところへ、当のめくら三助が到着した。すぐこちらに通すように頼んで、待ち構えていると、段梯子《だんばしご》にギイギイと、身内にこたえるような音をさせて、スーッと襖《ふすま》を開いて、盲目の醜怪物が顔を出した。

初対面の三人の未亡人は、ややワクワクした気持で、この珍重すべき盲人を眺めた。

さすがに、これが、あの残虐無道なる盲獣その人であろうとは知る由もない。

「ご苦労さま。ここには、あたしのほかに三人のお若いご婦人がいらっしゃるのよ。あんたの話をするとね、是非一度揉んでいただきたいとおっしゃってね。首を長くしてお待ち兼ねなのよ」

松崎未亡人が声をかけると、盲人は敷居の中へにじり寄って、ニヤニヤ笑いながら、

「ヘエ、有難うございます。わたくしも、ご婦人を揉みますのが、道楽でしてね。あのお湯屋へも、志願をして住み込んだようなわけで、揉ませてやろうとおっしゃれば、こんな嬉しいことはございませんよ。エへへへへ……」

「では、すぐに始めて下さる？」

「エエ、もういつでも。……この指がムズムズして居ります」

それを聞くと、三人の未亡人達は、さすがに「まア」と顔を見合わせて、少しばかり赤くなった。

「あなた如何《いかが》？」

松崎未亡人に云われて、下田未亡人は、少々はにかみながらも「では」と浴衣《ゆかた》に着替えて、用意の蒲団の上へ横になった。衆人環視《しゅうじんかんし》の中で、大きなお尻を揉ませようというこの未亡人、さすがに胆《きも》がすわっている。

盲人は、片肌ぬぎになって、蒲団に膝をかけて、手練の按摩にとりかかった。

「如何でございますね。このくらいでは？」

盲人は、百足《むかで》の足のように目まぐるしく動く指で、三十五歳の豊満《ほうまん》なる未亡人の肩から背中、背中から腰、腰からお尻、お尻から太腿へと、揉み下げ、揉み上げながら、腕の躍動のため妙に震える声で尋ねる。

「エエ結構よ。あたし強い方ですから」

すると盲人は、小鼻をふくらませ、ニュッと唇をまげながら、ひとしお力を加えて、グイグイと揉みはじめた。グニャグニャした白い動物のように、生きて這い廻る十本の指の下で、下田夫人の肉塊が、巨大な水枕のようにダブダブ揺れはじめた。

「失礼ながら、お顔はわかりませんけれど、あなた様のお身体は、実に美しうございますね。ちょっと珍しい肉つきでございますよ」

盲人がお世辞を云うと、未亡人は嬉しがって、

「そう？　手ざわりで美しいか、美しくないかわかるの？」

「エヘヘ……それはわかりますとも。しかし、わたくし共めくらの美しいと申しますのは、あなた方のお考えなすっているようなものではありませんよ。わたくしの指という目で見るのですからね。世間でいう美しさとは全く違った、暗闇の世界の美しさ

でございますよ。おわかりになりますかね」

「まア、そうなの。なるほど、指だけでさぐる美しさというものは、全く別のものかも知れないわね」

で、それから盲獣は、彼のしなやかな指先の技巧を尽して、下田夫人を真っ赤に上気《じょうき》して、額に汗の玉を浮かべるほども喜ばせたのであるが、詳しいことは都合上省略して、お次は最年少の大内麗子未亡人の番である。

「どう？　その人は、あんたの指では、美しい？　それとも美しくない？」

麗子が、むごたらしい犠牲《いけにえ》のように、蒲団の上に横たわると、松崎大夫人が、無遠慮に尋ねた。

すると盲人は、まるでおいしい馳走に箸をつけるようにペタペタと舌なめずりをしながら、例の生きている十本の指で、麗子の背中を一巡撫で廻しておいて、さて答えたものである。

「オヤ、こいつはどうも、わたしゃ、長い間このお身体を探していたのでございますよ。そうだ。実にどうも、恐ろしいほどの美しさだ。ほんとうのことを申し上げますとね、わたしゃ、生まれてから、こんなすばらしいお身体は、この方で、たった三人目でございますよ。エヘヘ……。お顔も定めし、お美しいのでございましょうね」

どうもまんざらのお世辞ではないらしい。それが証拠に、按摩め少し青ざめて、眉をよせて、息遣いさえ変わっている。余ほど驚いた様子だ。

「当たったわ。按摩さん。その方はあたしたち女でさえ惚れ惚れするような、それはそれは美しい人なのよ。顔も肌も、そして年も、娘さんといってもいいほど若いのよ」

やっぱり松崎大夫人が答えた。

「へへへ……。左様でございましょうね。わたくしも、果報者《かほうもの》でございますよ」

盲人は、相好をくずして、按摩にとりかかった。

「それはそうと、按摩さん、あんたが生まれてから三人という、そのほかの二人はどんな人だったの？」

下田未亡人が、好奇心を起こして尋ねた。

「まア、止《よ》しましょう。それを申し上げると、このお方が気持をわるくなさるといけませんから」

「いいえ、いいわ。云ってごらん。あたしも聞きたいんだから」

麗子も、彼の指の下で、太腿をクネクネと動かしながら促す。

「ようございますか。あとで後悔なすっても知りませんよ」

盲人はなかなか思わせぶりだ。

いといえば」

「まア、ひどく勿体《もったい》ぶるのね。なおさら聞きたくなったわ。さア、お話し、お話しなさ
大夫人も加勢をする。

「では申しますがね」

盲人は不気味にニヤニヤしながら始めた。

「びっくりなすってはいけませんよ。一人は水木蘭子。御存知ですか、浅草に出ていたレビューガールです。それからもう一人は俗に真珠夫人と呼ばれていた、『カフェ・パール』のお神さん」

一座が一刹那しいんと静まり返った。

「まア、お前さん、それはほんとうなの？」

松崎未亡人がささやき声になって尋ねた。

「ホラ、ごらんなさい。びっくりしたでしょう。二人とも手足をバラバラに斬りさいなまれた、あの事件の被害者ですからね」

図太《ずぶと》い盲獣は、平気の平左《へいざ》で云ってのける。

「そう、あたし達もよく知ってるわ。聞けばあの恐ろしい犯人は、まだ捕《つか》まらないっていうじゃありませんか」

「エエ、捕まりませんね。今の警察の腕前じゃあね」

盲獣が空嘯《そらうそぶ》いた。

「で、あたしの身体が、あの人達によく似ているっていうの？」

麗子が気味わるそうに尋ねた。

「へへへ……。あなた怖がっていますね。キュッと肉が引きしまって、鳥肌が立ちましたよ」盲人は麗子の二の腕をじかに撫で廻しながら「エエ、似ています。蘭子よりは真珠夫人の方にそっくりなんです。しかも、あなた様の肌は、真珠夫人よりも、もっとツヤツヤして、張りきっておりますよ。へへへ……」

「まア、いやだわ。あたしもあんな目にあうんじゃないかしら」

「へへへ……。ご用心なさいませ。こういう美しいお身体の方は、危のうございますよ」

「で、あんた、どうしてあの人達を知っているの？　やっぱり呼ばれて揉んで上げたの？」

「へエ、揉んで上げました。えらいお得意でございましたよ」

「じゃ、あんた、変な気がしたでしょうね。お得意様が、二人もあんなひどい目に遭って」

「エヘ……」

盲獣は不得要領《ふとくようりょう》の笑い方をした。

ゴム人形

それから、四人の未亡人は、次々と蒲団に寝そべって、奇怪な揉み療治を受け、或いはそれを眺めて、いまわしき楽しみを尽したのであったが、その場の光景は、すべて読者の御想像にまかせて、お話はそれから一《ひ》と月《つき》ばかり後の出来事に飛ぶ。

ある日、四人組の一人である下田未亡人が、大内麗子の自宅を訪問した。あれ以来、二度もクラブの会合があったのに、麗子が少しも顔を見せぬものだから、心配をして訪ねて来たのだ。

「まア、よくいらしって下さいました。あたし、皆様に大変ご無沙汰しちまって」

「どうなすったのよ。何かほかにいいとこでも出来ましたの？」

「エエ、いろいろお話があるのよ。ここじゃなんですから、離れの洋館の方へ来て下さらない。あなたにお逢わせする人もあるんだから」

「アラ、どなたかお客様なの？」

「エエ、まアそうよ。でもちっとも構わない方なの。さア、どうかこちらへ」

麗子が先に立って、洋館のドアを開けた。見ると、大テーブルの前に、行儀よく腰かけている、若い洋装婦人がある。

「アラ、ちょいと、あすこにいらっしゃるの、あんたのご姉妹《きょうだい》？」

下田未亡人は、麗子を廊下に引き止めて、ささやいた。

「エエ、まアそういった人ですの」

下田未亡人は、そこで、よそ行きの顔になって、とりすまして室内へはいって行った。だが、先方の婦人は椅子から立ち上がろうともせず、正面を切って控えている。

「あなた、紹介して下さらない」

下田夫人が小声で麗子を促した。

「エエ、ご紹介しますわ。こちらは大内麗子さん」

云いながら、麗子はその婦人のそばへ寄って、洋装の頭をコツンコツン叩いて見せた。

「ハハハハハ、これゴム人形よ。よく出来ているでしょう。麗子第二世なの」

「まア、ずいぶんね。あたしゃ、すっかり更《あらた》まってしまった。でも、なんてよく出来ているんでしょう。麗子さんそっくりよ。それはそうと、こんなお人形を何になさるの？　この人とお話でもして遊ぶの？」

下田夫人はいやな笑い方をした。

「まアすぐあれだ。あんたじゃあるまいし。あたしはまだ偶像の趣味なんかありませんのよ」

「ホホホ……どうですか」

笑いながら、室内を眺め廻した下田夫人は、ふと笑いをやめて突然非常な恐怖の表情となり、悲鳴に近い声で、

「あれ、あれ、麗子さん、あれなんなの？」

と叫びながら、逃げ腰になって、部屋の一方を指さした。

下田夫人が驚いたのも無理ではない。見よ、薄暗い一方の壁に、歯を喰いしばった女の生首が、恨めしそうにぶら下がっているではないか。いや、そればかりではない。その下の床には、青ざめた二本の腕と、二本の足が、むごたらしく斬りはなされて、まるで大根かなんぞのようにころがっているのだ。

「ハハハハハハハ」

さも面白そうに打ち笑う麗子の赤い口が、美しい人喰鬼《ひとくいおに》のように不気味であった。

「これもゴム人形なの。あたしの腕や足をモデルにして、そっくりの形に作らせたの

よ。まるで本もののようでしょう。ホラ、ね」

麗子は膝をまくって、艶《つや》やかなふくらはぎを見せながら云った。

「まア、驚いた。あんたも悪趣味《あくしゅみ》ね。こんな気味のわるいものを作らせて、何をしようっていうの？」

麗子はそれに答えず、別のことを云った。

「下田さん、ちょいと、あなたの凭《もた》れかかっている置きものを振り向いてごらんなさい」

「エ、どれ？」

下田夫人は何気なくうしろを振り返ったが、そこの台の上にすえてある一物を見ると、余りの恐ろしさに、キャッと悲鳴を上げて飛びのいた。

そこには、二尺ほどの高さの、丸い、青ざめた、ブヨブヨしたものが、チョコンとのっていた。ちょっと見たのでは全くえたいの知れぬ、奇怪千万な一物であったが、よく見ると、首と手足をもぎとられた、死人の胴体であることがわかった。

「まア、これもゴム製なの？」

「エエ、そうよ。ちっとも怖くなんかないわ」

ゴムと聞いて、やっと安心した下田夫人は、その側へよって、指先でお臍のあたりを、チョイチョイと突いて見たが、まるでほんとうの人肌のように、ゴム胴体の腹には、突くたびに深い皺が出来た。

「まア、気味がわるい。ブヨブヨしているのね。しかし、こんな人形だとか、手足や胴体や生首まで作らせて、あんた一体何をしようというの？　いくら変わり者のクラブ員だって、これは少しずば抜けすぎているわ」

「それについて、お話があるのよ。まア、お掛けなさいな」

麗子は下田夫人を椅子に招《しょう》じて、例の麗子第二世人形を中に、向かい合って腰をおろした。

「あの、この間のめくら三助ね」

麗子が話しはじめた。

「実はあたし、あれからあの按摩さんに度々逢っているのよ」

「まア、よっぽどお気に召しましたのね。ホホホホホホ」

下田夫人の淫蕩な笑い声。

「エエ、それはお気に召したんだけど、度々《たびたび》揉んでもらっているうちに、あたし怖くなって来た。あのめくらさんはただものじゃありませんわ。あの人のそばにいると、ひとりでにゾーッと背筋が冷たくなって、鳥肌が立ってくるんですもの。そうすると、あの人『あなた怖いのですか、ホラ、こんな鳥肌が立っている』と云いながら、いつかと同じように、あたしの身体を撫で廻すのよ」

「フン、フン」

下田中年夫人は、膝をのり出して先を促す。このような夫人に取って、恐怖と淫蕩とは、同じ程度の魅力を持っているのだ。

「これはただあたしの妄想《もうそう》なのよ。何の証拠もありはしないのよ。でもね、何となく、あたし、もうそれに違いないと思うの。ホラ、第六感ていう言葉があるでしょ。あれよ。その第六感であたし、ちゃんとわかってしまったの」

「まア、何がわかったのさ」

「あたしが、近いうちに殺されて、手や足をバラバラに斬り離されるってことが」

「まア、いやだわ、おどかしちゃ」

「いいえ、おどかしじゃない。あたしにはちゃんとわかっているのよ」

「誰があんたを殺すっていうの？　それもわかっているの」

「エエ、わかっているわ。その下手人は、あの気味のわるいめくら三助だわ。あいつ、たしかに、あたしを三番目の犠牲者にしようと狙っているのだわ」

「三番目って？」

「ホラ、第一は水木蘭子、第二は真珠夫人、そして、第三は大内麗子っていう順序なのさ」

「エ、エ、では、あんた、あのめくらが、世間を騒がせた殺人狂だっていうの? まア、あんたどうかしているんじゃない。目の不自由な男に、あんなすばしっこい芸当が出来ると思って」

下田夫人はあっけに取られ、美しい麗子の顔を見つめた。

女怪対盲獣

「まア、あんなめくらが、どうしてそんな大それたことを」

下田夫人は、信じられないという調子である。

「世間の人がみんな、あんたみたいにお人好しですからよ。まさかめくらがと思い込んでいるからよ。あの悪がしこいめくらは、そこへつけ込んだのよ。これほど危なっかしくて、その実これほど安全な犯罪はないと云ってもいいわ」

麗子は得意らしく述べ立てた。

「へエ、そうかねエ、あたしゃ、なんだか嘘みたいな気がするけれど、で、あんたどうなさる積り？　警察へ訴えるの？」

「エエ、むろん最後には警察の力を借りるしかありませんけれど、その前に、あたし、ちっとばかりあいつを嬲《なぶ》ってやろうと思うのよ」

「まア、あんたが。お止《よ》しなさい。もしものことがあったらどうするのさ」

「まア、下田夫人にも似合わない臆病なことおっしゃるわね。そこがアヴァンチュールじゃありませんか。このくらいのこと目論《もくろ》まなけりゃ退屈でやりきれやしないわ」

「命がけでかい」

「エエそうよ。命がけだからこそ、すばらしく面白いのよ。安全にきまってる冒険なんて、しない方がましだわ」

麗子若未亡人の気焔《きえん》当たるべからずだ。

「相手は殺人狂ですよ」

下田夫人は眉をしかめて、この年少夫人の無茶苦茶な冒険を危ぶんだ。

「エエ、わかってますわ。あたし男だったら、満洲《まんしゅう》へでもどこへでも戦争に行く積りよ。『命を的《まと》に』って。実にすてきだわ。あたし強いでしょう」

「オヤオヤ」下田夫人はあっけにとられて、「で、あんたの計略は？」

「この人形よ。これをあたしの身代わりに立てるのよ」

麗子は空うそぶいている。

「ホホホホホ、あんたやっぱりお若いわね。いくらめくらだって、人間の肌とゴム人形のけじめがつかない奴はありませんよ。あいつがそんな甘手《あまて》に乗ると思って？」

下田夫人は笑い出した。

「そうおっしゃるでしょう。それはわかりきったことだわ。ですから、計略があるのよ。あたしあいつに何処へでも連れられて行って、酒盛《さかもり》を始める積りよ。お酒はごく強い西洋酒を用意して行くのよ。そして、うまく勧めて、あいつをフラフラに酔っぱらわせてしまうわ。それからよ、人形の身代わりを出すのは。相手はトロンコに酔っぱらってるでしょう。冷たいゴム人形だってわかるもんですか。人肌とは違うけれど、形はそっくり同じだし、弾力も人間の肉に似せてこしらえてあるし、その上、びっくりなさるな、その人形は切れば血が出るのよ。ちょっとぐらいでは駄目だけど、ゴムの芯《しん》に細い隙間《すきま》が通じていて、全身にヌルヌルした犬の血が封じこめてあるのよ。ただ産毛や毛穴がないばっかりだわ。どう？　これならうまく行きそうに思わなくって？　相手は全く目の見えない酔っぱらいさんなのよ」

滔々《とうとう》と弁じ立てられて、さすがの下田夫人もすっかり感じ入ってしまった。

「聞いて見ると、なるほどよく考えてあるわねえ。めくらの酔っぱらいが相手じゃ、ひょっとしたらうまく行きそうだわ。しかし一つ間違えば命がけよ」

「エエ、でも命がけが好きなんですもの」

麗子は甘ったれて、ふてぶてしく答えた。

「その景色が見たいわねえ。あんたいよいよやるときまったら、あたしたちクラブ員にも見せて下さらない。ソッと隙見《すきみ》の出来るような場所だといいんだけれど」

「それは心得ていますわ。あたしも見てもらいたいのよ。このすばらしい芸当を一人で楽しむなんて勿体ないわ。日と場所はきまり次第皆さんにお知らせする積りよ。場所ももうちゃんといいとこがめっけてあるのよ」

それからこの二女怪の間に、なお細々と打ち合わせが行われたわけであるが、退屈な叙述は省いて、直ちに眼目に入ることにする。

裸女《らじょ》虐殺

その晩、麗子未亡人は、自宅の人払いの私室へ、盲獣のめくら三助を呼んだ。

盲獣が例の舌なめずりと共に按摩を始めてしばらくすると、麗子が何気なく口を切った。

「ねえ按摩さん、あたし松崎さんみたいに銭湯へ行って揉んでもらう勇気はないけれど、お湯で柔かくなったところを、そのままじかに療治してもらったら、さぞいい心持でしょうね」

按摩はそれを聞くと、得たりとばかり、目を細くして、答える。

「へへへ……。それはもう、こうしてお揉みしているのとは雲泥《うんでい》の相違でございますよ」

「それについてね、あたし、いい考えがあるのよ」麗子はささやき声になって、「うちの風呂では、女中達に誤解されてはいけないと思ってね。あたし考えたのよ。すると、ふといい事を思い出したの。巣鴨《すがも》の端っぽに淋しい一軒家《いっけんや》があるんだわ。あたしの持ち家で今ちょうど空家《あきや》になっているのよ。そこにね、立派な湯殿があるんだが、あたし、そこの湯殿だけを掃除させておいて、あんたと二人でソッと行って、自分でお湯を沸かしてはいろうかしら。そしてその湯殿の中で、あんたに思う存分揉んでもらおうかしら」

人なき空家の湯殿の中で、思う存分揉んでくれとは、何とまあ願ってもない申し出であろう。めくらはもうホクホクもので、

「よろしうございますとも。わたくしも、そういう静かな所でしたら、充分腕がふる

えると申すものでございますよ」

と、早速承諾した。

そこで、日を定めて自動車で一緒に行くことにして、按摩を帰し、翌日はクラブの臨時会を開いて、隙見の打ち合わせをした。

「ではね、あたしは按摩をつれて先に行きましてね、すっかり酔わせた上湯殿に連れ込み、先《ま》ず最初にほんとうに揉ませておいて、頃を見はからって、というのはつまりあいつを充分興奮させてからね、用意の人形と入れ代わり、あたしは湯殿の外へ出て、外の暗闇からそっと覗いていますからね、そこへあんた達、来ていただくのよ。だって、湯殿の中でほんとうに揉ませているところを見られちゃ、あたし恥かしいんですもの。

わかって、あんた達はね、庭の柴折戸《しおりど》の外まで来て待ってて下さるのよ。はいってもいいという合図には梟《ふくろう》の鳴き声よ。梟の声を出すおもちゃの笛があるの。ホラこれよ、吹いて見ましょうか。……ホウ、ホウ、ホウ……ね。この声が合図よ。

そうしたら、抜き足さし足忍び足でね、むろんないしょ話も禁物よ。ここに湯殿の外側の見取図がありますから、これで見当をつけて、あたしの覗いているそばまで来て下さればいいのよ。あたし、あんた方がいらしっても黙っていますわ。

そうしたら、あたしの左側にちょうど一尺おきくらいに、見る穴が三つあけてありますからね。湯殿の中の光りが漏れていますからじきわかってよ。で、あんた方、何も云わないで、ちゃんと順序をきめておいて、その通りに並んで、すぐ覗くのよ。その時分にはむろん中のお芝居が始まってますからね。わかって？」

三人の会員がこの麗子の申し出を承知したことは云うまでもない。彼女らは年にも恥じず、烈しい期待に、もうワクワクしているのだ。

さて、お話は飛んで、いよいよ約束の当夜である。

三人の年長未亡人達は約束の時間に、教えられた巣鴨の淋しい空き邸の少し手前で車を捨てて、闇の中をヒソヒソと邸内に忍び込み、例の柴折戸のところで、合図遅しと待ち構えていた。

蝙蝠《こうもり》のように翼をひろげた、大きな母屋《おもや》が、星空にニョッキリ聳《そび》え、燈火《ともしび》と云っては、母屋のはずれに一カ所だけ、小さなガラス窓がボンヤリ光っているばかりだ。そこが問題の湯殿に相違ない。

見廻したところ、この種の催しにはお誂《あつ》らえ向きの淋しい場所だ。近くに森などもあって、合図の梟の鳴き声を誰かが聞きつけたとしても、決して怪しまれることはないだろう。

闇の中に、ドキドキ胸を躍らせながら待っていると、案外早く梟の鳴き声が三声、ホウ、ホウ、ホウと聞こえて来た。

三人はだんまりで、ほんとうに抜き足をして、「子取ろ子取ろ」(注14)のように珠数《じゅず》つなぎになって、おずおずと、燈火を目あてに進んで行った。

近寄ると、なるほど、外からもそれとわかる湯殿である。私人の邸宅には勿体ないほど、広くて立派な作りだ。

裏手の闇に廻って、星明りにすかして見ると、いた、いた。麗子が中腰《ちゅうごし》をして、羽目《はめ》板《いた》に顔をくッつけて、一心不乱に覗き込んでいる。

明りの漏れる穴は、探すまでもなく、ちゃんと三つ並んでいた。三未亡人は、あらかじめ申し合わせておいた順序で、黙ったまま、その穴へ目を当てた。

闇に慣れた眼には、内部の薄暗い電燈も、ギラギラとまぶしくて、モヤモヤ立ち昇る湯気の中に、何かしら物のうごめく気配がするばかりであったが、じっと見ているうちに、霧が晴れるように、だんだん驚くべき光景が浮き上がって来た。

浴槽は向こう側にあって、その手前に白タイルの流し場、そこにグッタリと横たわっているのは、麗子の身替わりのゴム人形であろう。全裸体で、仰向きに長々と寝そべっている姿が、どう見ても本ものの麗子としか思われぬほど、実に巧みに出来ていた。

麗子のゴム人形の上には、例の醜怪な盲人が、馬乗りにまたがり、両手で人形の頸《くび》を、グイグイと押しつけていた。裸女絞殺のすさまじい光景である。

人々は、たといゴム人形とわかっていても、その余りのまざまざしさに、思わず目をそらしたが、やっぱり怖いもの見たさに、又おずおずと覗き穴へ顔を近寄せるのだ。

芋虫ゴロゴロ

それから半時間ほどの、恐ろしさ、いやらしさに息づまるような光景は、ここに記することをはばかるが、その半時間が過ぎ去った時、絞殺され、せめさいなまれ、侮《ぶ》辱《じょく》の限りを受けた麗子人形は、いたましいまでグッタリとなって、一箇の物体の如く横たわっていた。(いや、物体には相違ないのだ。元々ゴム人形なのだから)

赤はだかの盲獣は、犠牲者の足の方にうずくまって、呂律の廻らぬ酔いどれの口調で、何か死骸に物を云っていた。

「これさ麗子さん。さすが勝気な美人後家さんも、意気地はないね。へへへ……とこで、お望みに従いまして、これより最後の療治に取りかかりますよ。こいつは又、とも気持のいいやつでね」

　云いながら、怪物は傍らに用意してあった大きな出刃庖丁を拾い上げると、身の毛もよだつ人肉料理を始めた。

　見る見る、首も手も足も、コロコロとちょん切られていった。ちょん切るごとに、切り口から黒い血のりがポンプのように飛び上がった。

　盲獣はその切り口を指先でこね廻しながら、

「へへへ……血だ、血だ。懐かしい血の匂いだ」

　と絵の具皿をかき廻した赤ん坊のように、躍り上がって喜んでいる。

　だが、外の見物達は、麗子のトリックを知っていた。飛び上がる血潮を見ても、真からは驚かない。それが野良犬の血に過ぎないことがわかっていたからだ。

　いくら酔っぱらっているとは云え、可哀そうに、めくら三助め、ゴム人形を斬り刻んで喜んでいるわ。たといゴム人形の中に、骨骼《こっかく》によく似た堅い心棒が入れてあったからと云って、斬り心地でもほんとうの人間かどうかわかりそうなものではないか。さすがの悪魔も気違い水に酔いしれては、ざまはないものだと、笑ってやりたい気持だった。

　盲人は斬り離した五体を、一つ一つ鞠《まり》のように放り上げては、ドブンドブンと浴槽の中へ投げ込んだ。

盲人は少しも知らなかったけれど、浴槽の中には、今斬り離したゴム人形とは別に、麗子がこしらえさせておいた同じゴム製のバラバラの五体が浮かべてあった。それと、盲人が投げ込んだのと、合わせて二人分の首、手、足、胴体が、芋を洗うように、浴槽一杯になって、ゴロンゴロンと浮きつ沈みつしている有様は、恐ろしいのを通り過ごして、むしろ滑稽に感じられた。

浴槽の湯は、血潮のために、まっ赤に染まっている。その中へ、血に狂った盲獣は、ザンブとばかりに飛び込んだ。赤い水しぶきが、電燈の光を受けて、眩《まぶ》しく散った。

「へへへ……世間の奴ら、この腥《なまぐさ》いヌルヌルした死骸風呂の楽しみを知らぬとは、可哀そうなもんだなあ。へへへ……アア、堪《たま》らねえ。身体じゅうがゾクゾクして、心臓をしぼられるようだ」

盲獣は大声にわめきながら、ゴロゴロ、ブクブクと肌にぶつかる切断人形を、さも心地よさそうに、しばらく楽しんでいたが、今度は、それらの手や足や首などを、湯の中からつかみ上げては、滅茶滅茶に流し場へ叩きつけ始めた。

それから、酔いと活動のためにヘトヘトになった盲獣は、浴槽を這い出して、タイルの上をヌメヌメとすべっている五体の山の中へ、ペチャンと腹ばいになった。

「へへへ……芋虫ゴーロゴロ、芋虫ゴーロゴロ、へへへ……」

えたいの知れぬ歌を唸《うな》りながら、彼は五体の山の中を、ゴロゴロゴロゴロ、ほんとうに断末魔の芋虫のように転がり廻った。

覗き穴の未亡人達は、もはやこの余りにも醜悪なる光景を正視するに忍びなかった。たとえゴム人形の切れっ端にせよ、この刺戟はちと強過ぎた。さすがの猛者連《もされん》も、ヘトヘトになってしまった。

先《ま》ず松崎未亡人が隣りの一人の肘を突いて帰ろうと合図した。それから又隣りへ。三人の未亡人は羽目板を離れて、腰を伸ばし、その場を立ち去ろうとした。

ところが、今夜の主催者の麗子ばかりは、我が身のしいたげられる有様に逆上《ぎやくじよう》したのか、石像のように羽目板にとりついたまま動こうともせぬ。

松崎未亡人は「まア」とあきれて、麗子の背中に手をかけると、静かに揺り動かした。二、三度揺り動かしているうちに、松崎大夫人の息使いが変わって来た。何かにひどく驚いたのだ。

「麗子さんの身体、氷のように冷たいのよ」

彼女は驚きの余り、禁制を破って、蚊のような声でささやいた。

残る二人もびっくりして、麗子の側に寄って来た。下田夫人が耳の側で「麗子さん」

とささやきながら、彼女の肩をグイと押した。

すると、これはどうしたのだ。麗子の身体は棒を倒すように、地上に転がって、ポンポンと二度弾んだではないか。

人間が鞠のように弾むはずはない。変だぞと、星明かりにすかして見ると、麗子の顔は死人のように土気色《つちけいろ》だ、というよりは、ゴムのように灰色であった。

未亡人達は、狐に化かされた感じで、一瞬間ボンヤリと突っ立っていた。

鎌倉ハム大安売

覗き穴から隙見を楽しんでいた麗子が、松崎未亡人に押されて、棒のように地上に倒れ、ゴム毬みたいに二、三度ポンポンとはずんだのは、彼女が人間ではなく、一箇のゴム人形に過ぎなかったからだ。

ハテナ、外に覗いていた麗子がゴム人形だとすると、それでは、それでは、湯殿の中で五体をバラバラに切りきざまれ、芋虫ゴーロゴロと、盲獣のためにもてあそばれたゴム人形は、ゴム人形だとばかり思っていたのは、すると、本ものの麗子だったのか。

そうだ。そのほかに考えようはないのだ。

三人の未亡人達は思わず「ワアア」と地獄の亡者《もうじゃ》の悲鳴を上げて、闇の庭を表門めざして、こけつまろびつ駈け出した。今にも盲獣の手が襟首にかかりはしないかと、生きた心地もなく逃げ出した。

逃げる未亡人達の気配《けはい》を感じたのか、湯殿の中では、突然、けだものの吠《ほ》えるような、何とも云えぬ不気味な笑い声が爆発した。猛獣が小ざかしき目明きどもを嘲笑《あざわら》っていたのだ。

「ワハハハ……人一倍触覚の鋭いこのわしを、ゴム人形で一杯食わそうなんて、その手に乗ってたまるものか。謀る謀ると思いながら、いつの間にかめくらのわしに謀られたね。だが、奥さん、君は若いくせになかなか悪党だったよ。それだけに、わしにはお前さんがたまらなく美しく思われた。可愛くて仕方がなかったのさ。ワハハハ……」

と嘲笑っていたのだ。

さて、そこで話が又とぶのだが、ゴム人形事件の二、三日のちの真夜中。東京から百里も離れたI湾を、一艘の汽船が走っていた。

船尾の三等船室は、十五、六畳の赤茶けた畳敷きで、鉄の網に包まれた十燭《しょく》ほどの電燈が、魚市場のまぐろのように転がった船客達を、陰気に照らし出していた。壁の所々にポッカリと開いた丸い船窓の外は、すぐ海面で、船の動揺につれて、そのガラスに、白い波しぶきがサーッサーッとぶつかった。

その船室の、最も薄暗い一隅に、まだ寝もやらず話しつづけている四、五人の客がある。無精髭《ぶしょうひげ》の黒い田舎親爺《いなかおやじ》、潮風に赤黒く光った顔の海産物仲買人《なかがいにん》、錦紗縮緬《きんしゃちりめん》に似合わぬ不行儀《ふぎょうぎ》な奥様、漁村の小学校の先生、といったような人々のまん中に、会話の中心となっているのは、黒眼鏡をかけ、(注15)合《あい》トンビを着て、紳士然とおさまった盲獣であった。

いくら何でも、もう東京にはいられない。三人の未亡人が警察へ密告したのは知れきっている。そこで、盲目殺人鬼の都落ちとはなったのである。張りめぐらされた警察の網の目を、どこをどうして逃れたのか、彼はこの船室にぬけぬけ陣取っている。むろん船客の誰一人怪しむものはない。按摩を稼《かせ》がなくてもいい身の上の、仕合わせなめくらさんだと思っている。

「ところで皆さん、私は商人じゃないんだが、親戚の食料品屋が店じまいをしましてね。実はただみたいな値《ね》で手に入れたものがあるんですよ」

盲人は話題を変えて、妙なことを云い出した。聞き手のうちでは一ばん鋭敏な海産物仲買人が「ハハア、こいつ船中はおやかましうと来るんだな。船の中の物売りなんだな。道理でよく喋ると思った」と独りで早合点《はやがってん》をした。

「というのはこれですがね」

盲人は手さぐりで、傍らのトランクの中から、朱色をした大きな布包みを、幾つも幾つも取り出して、膝の前に積み上げた。

「鎌倉ハムです。あぶらの多い塩加減上等の、とてもうまい肉です。少しずつ目方が違うけれども、まあ一つ三円(注16)は下りませんね。卸値《おろしね》ですよ。ところで、私はこんなに沢山持っていても仕様がない。一つあれば充分です。で、一つだけとっておいて、あとを皆さんにお分けしたいと思うのですが、ただでは失礼だ。どうです。トランクに入れてここまで来た運賃として一円(注17)奮発しませんか。このでかい奴が一包み一円ですぜ。中身は大丈夫、会社の倉から出たばかりの新鮮なものです。なんなら、少し小口を切って食べてごらんなすってもいい」

五、六匁《もんめ》もあろうというハムが、一円といえばほんとうにタダみたいなものだ。

「よし、買った。私が一《ひ》と手《て》で買い占めましょう。中身はしらべるまでもない。さあ、幾つありますね。しめて十五か。よろしい十五円(注18)……」

海産物仲買人が、飛んだ商売気を出して、機敏に買い占めにかかった。

「オット、待って下さい。そいつはいけません。そうあんた一人に持って行かれては、私の気持がすみません。こうして御同船を願ったよしみに、皆さんに一つずつお分けしたいのですよ。一つずつね」

盲人が提議した。

「アア、そうですかい。それも尤《もっと》もだね」

仲買人は快くあきらめて、

「それじゃ、寝てる連中も起こして、一つずつ買わせることにしよう。こんな安い買物は滅多にありやしないからね」

そこで、起きていた乗客はもちろん、寝ていた人達も眼をさまして、薄暗い電燈の下で、奇妙な取引が始まった。大安売の鎌倉ハムは羽根が生えて飛んで行った。

「これで私も荷が軽くなりましたよ。皆さんも飛んだ安い買物をなさいました。安かろう悪かろうなんていう品じゃありませんからね。実に(注19)すてきもない肉ですよ。あぶらが多くって、ムチムチしていて、何しろまだ若い牡豚《めぶた》の殺したてなんですからね」

盲人は、例の不気味なニヤニヤ笑いをしながら、舌なめずりをして云った。

間もなく船はとある南国の漁村に碇《いかり》をおろした。

「では皆さんお先へ失礼しますよ。家《うち》へお帰りなすったら、早速どうかその肉を賞美して下さい。では左様なら」

盲人はボーイに助けられて、甲板へ昇って行った。幾度も幾度も、見えぬ目にあと振り返って、ニヤニヤと笑いながら。

客と荷物を卸した船が、再び碇を巻き上げて、進行を始めると、四十余りの漁師体《りょうしてい》の男が無作法なことを云い出した。

「アア、腹が減っちゃった。この肉は生でも食えるんだね。一つ御馳走《ごちそう》になるべえか」

そして、彼はハムの包みを、ペリペリと破き始めたのである。朱色の布がめくられて、中からベトベトした生肉が現われて来る。だがどうしたことか漁師体の男は、それを少し破ると、妙な顔をして手を止めた。

「オヤ、こりゃあ、不思議だ。この豚あ爪が生えているぞ。見なせえ、あん畜生めひどいものを売りつけやあがった」

「ハハハ……、どうせそんなこった。じゃ毛も生《は》えてるべえ」

そばの男が、開いた包みを覗き込みながら云った。

「いんや、毛は生えちゃいねえ。だが、この豚あ、指があるぞ」

男は少々お酒を飲んでいた。

「一本、二本、三本、四本、五本あるぞ。細い指が。豚の指あ五本あるけ」

「馬鹿ぁこけ。四本も五本も、てんで豚にゃ指なんてものねえはずだぞ。ドレ、見せて見ろ」

そばの男が包みを引たくるようにして、その中から覗いている不気味な青白いものを検《しら》べていたが、何を思ったのか突然、それをポイと遠くの方へほうり出して、

「ブルブル……、俺あ何だか知んねえ。あんなものを見たことがねえ。ナンマミダブ、ナンマミダブ」

とお念仏を唱え出した。

「なんだ。どうしたんだ」

小学教師が、この珍妙な光景に不審を抱いて、ほうり出されたハムの包みを拾って見た。

赤い布の中から、青白い五本の指が、空《くう》をつかんで、やどかりの足のように、不気味にのぞいていた。

「ワア、これあ人間の手だ。しかも女だぜ。若い女の手だぜ。みんな、今買ったハムの包みを破って見給え、早く、早く」

彼は血相を変えて怒鳴り出した。

気味わるがって、大《だい》じにしまい込んだハムを、調べもせずほうり出す者もあった。おずおず布を破って中を覗いて見る者もあった。

足が出て来た。腿が出て来た。あばら骨が出て来た。中にも顔面を切断して、鼻と口

と半分ずつついている肉片を発見したお神さんは、余りの恐ろしさに、アッと叫んだまま気を失ってしまったほどであった。

「オーイ、船を止めてくれ。重大事件だ。この船に殺人犯人が乗っていたんだ。今出発した港へ引き返すんだ。さっき降りためくらをとっ捕まえなければならぬ。オーイ、船を止めろ」

す早く甲板に駈け昇った小学教師が、走り廻りながら怒鳴った。

盲人天国

だが船が港へ引き返した時には、盲人はどこへ消え去ったのか影もなかった。港の人達も、そんなめくらの上陸したことさえ知らなかった。

盲獣はいよいよ大胆不敵である。すでにお尋ねものとなった身で、めくらの旅を続けるさえあるに、今は又、恐らく未亡人麗子の肉に相違ないところのものを、こまごまに切りくだいて、恐ろしき鎌倉ハムを製造し、それを船中の公衆に売りつけたのだ。一体どうする積りなのだ。こんな大それた所業をして、我れと我が犯罪を見せびらかしながら、いつまでも逃げおおせると思っているのだろうか。

だが、彼はむろん、いつまでもその港町をウロウロしていたわけではない。夜通し山越しをして、翌朝は、汽車はもちろん、自動車も通わず、汽船も着かぬ、非常に淋しい漁村にたどりついていた。

翌日はよく晴れた、うららかな日和《ひより》であった。海は紺色に美しく光っていた。見渡す限り人影もない海岸の、とある大岩の蔭に四人の蜑《あま》が焚火《たきび》をして身体を暖めていた。

四人とも若くて、はち切れそうな赤黒い身体をしている。それが男のような赤い晒《さらし》木綿《もめん》のふんどしをしめて、そのほかには一糸もまとわず、角力取りが四肢《しこ》を踏む格好《かっこう》で、焚火にあたっている光景のすばらしさは、都会人をびっくりさせるに充分であった。

「お留《とめ》さ、さあ一《ひ》と仕事《しごと》すべえよ」

一ばん年若の一人が、もう一人を誘った。

「お前先にもぐるがいいよ。働きもんだのう。色男の亭主持つと、働き甲斐もあるべえさ」

年かさの一人が一丁も響く声でからかった。

「羨《うらや》ましいか。お前もいいのを探せよ。さあ、もぐるべえ」

若い蜑は捨てぜりふで岩にかけ上がった。黒い岩の上に焦茶色《こげちゃいろ》の丸々とした肉団が躍った。赤い晒木綿のふんどしが、肉と肉とにはさまれて糸のように細い。

「ホウ……」

ほがらかなかけ声が空にただようと、乳とお尻とでふくれたS字形の蜑の身体は、空《くう》に浮かんで、パチャンと水煙を立てた。それから水中を底へ底へ沈んで行って、岩にすいついている鮑《あわび》をはがしとるのが彼女の仕事である。

一分二分、蜑の肺臓はすばらしい。だが、やがて、波間にニュッと、濡れ髪の頭が現われて、ブルブルッと水ぶるいした顔は美しくも上気《じょうき》していた。

「大漁《たいりょう》だよう」

泳ぎながら、片手を上げて大きな鮑を二つみせびらかしている。岩の上から眺めると、蛙泳《かえるおよ》ぎの乙女の像が、水中ゆえにほの白く、赤い細線を境にして、二つの桃が、かたみがわりに、勇ましく躍るのだ。

やがて彼女は海岸に這い上がって焚火の側へ走って来た。身体じゅうからボトボトと雫《しずく》を垂らしながら、

「鮑ですかい、それとも真珠ですかい」

妙な声がしたので、蜑達が驚いてふり向くと、岩蔭からロイド眼鏡を光らせた合ト

ンビの男が、ステッキにすがって出て来た。どうやら盲人らしい。都の人には身体を隠すのが礼儀になっているけれど、めくらなら構わないと、やっと安堵して、若い蜑が答えた。

「鮑だよ。真珠なんて滅多にとれるもんじゃねえだよ」

「そうですかい。だが、鮑にしても、大したもんだろうね、お前さん方の稼ぎは。ご亭主を楽々《らくらく》と養っているんだろうね」

盲人は云いながら、だんだん焚火のそばへ近づいて来た。

「ここらの男は、都の人のようにきれいでねえから、駄目ですよ」

年かさの蜑が、妙にけんそんをして云った。

「ハハハハ、都の人はみんな役者じゃあるまいし、わしのような汚ないのもいるんだよ」

盲人はとうとう蜑達と並んで、焚火に手をかざしながら、慣れ慣れしく喋りつづけた。

「汚ないだって、旦那さん目が見えねえで、それがわかるかね」

蜑もまけてはいない。

「わかるとも、心眼《しんがん》という奴でね。それが証拠には、お前達のうちで、誰が一ばん美人だか当てて見ようか」

「ハハハハハ、美人だってよ。こんなとこに美人なんていねえだよ。ハハハハハ」

それでも、美人と云う言葉がうれしくて、蜑達は色っぽく笑いこけた。

「美人はどこにだっているよ。さあ、お前達は四人だね。誰が一ばん美しいだろうな」

盲人は、云いながら、隣に立っている一人の肩に手を触れ、背筋からお尻の方へと撫で廻した。

「フム、これはどうも。実にすばらしいもんだね。わしは都育ちで、都のきゃしゃな女の肌しか知らないが、お前方の身体に比べたら、まるで薄汚なくてお話になりゃしないよ。このはちきれそうな精気というものが、実に美しいのだよ。お前達が美人でなくって、ほかにどこに美人がいるものか」

盲人は満悦《まんえつ》の体《てい》で、例の通り薄気味わるく笑いながら、いつまでも撫で廻している。普通の場合ならすぐにも逃げ出すところだが、蜑達は肌の触覚には鈍感になっていたし、相手が盲人であるという気安さから、別に怒りもしないのだ。

「アラ、くすぐったいよう、ハハハハハ、この人はいやだよ。お前さんお世辞がうまいね」

褒められた蜑は、身体を妙にくねらせて、はにかみながら、それでも嬉しそうに云う。

「さア、今度は次の番だ。そちらの若いの、お前さんは定めし美人だろうな」

盲人はジリジリとその方へ迫って行く。

「この人は村一番のきりょう好しだよ。だけんど、あんまりさわると、色男のご亭主にどなられるよ」

「ホウ、そうかい。村一番の美人かい。なるほど、なるほど。ウン、ここはこうと、ここはこうと」

盲人は舌なめずりをして、若い蜑の全身のあらゆる部分を、まるで医者かなんぞのように、考え考え調べ廻った。

「ウム、如何にもこれは美人だわい。ほんとうのことを云うがね。わしゃこんな美しい身体は、夢にさえ見たことがないくらいだよ。お前達、このわしの気持がわかるかね」

盲人は心から嬉しそうに、大空に向かって歓喜の声を上げた。

それからあとの二人も同じような診断を受けたわけだが、一々書いていてははかどらぬ。すべて略して、ともかく、この奇怪なる盲人が、四人の蜑の裸身《らしん》をさぐることによって、非常な驚異を感じ、夢にも知らなかった天国を味わったとのみ記しておく。

さて、一《ひ》と渡《わた》り検査がすむと、盲人は懐中からザクザクと重い財布を取り出して、それを両手にもてあそびながら、いよいよ商談にとりかかった。

「わしはね、お前達の採った鮑を、すっかり買って上げるよ。値《ね》はいくら高くても構わない。一貝十円《ひとかい》しようと、二十円しようと、お前達の云いなり次第だ。だがね、それには一つの条件がある。お前達のご亭主や村の人達に、このことを少しも喋らないという約束をしてもらわねばならぬ。わかったかね。つまりわしは、お前達の一人一人と、こっそりと取引をしたいのだ。その代わり値の方は、今も云う通り、相場の十倍でも二十倍でも奮発するよ」

蜑達はそれを聞くと顔を見合わせて笑っていたが、結局無言の肯定《こうてい》を与えた。盲人の真意がどこにあるかは、彼女達にもわからぬではなかったけれど、この村は貧乏であったし、蜑達には貞操観念《ていそうかんねん》も乏しかったので、ただお金に目がくれて、黙々のうちにそれを承諾してしまったのだ。

その夕方、盲人は村から遠く離れた、無人の境《きょう》の大きな岩蔭に、人待ち顔にたたずんでいた。

約束をたがえずまっ先にやって来たのは、一ばん年上（と云っても二十歳そこそこなのだが）の蜑であった。チャンと着物を着て、手には鮑を入れた網の袋を下げて。

はゆいのだ。

「旦那さ、やっぱりほんとうに待っていただね。わし冗談だべえと思っていたに」

彼女は恥かしそうに云う。海中の勇女も、都会の旦那とさし向いでは、さすがに面はゆいのだ。

「どうして、どうして、わしは真剣なんだよ。お前の方こそ、すっぽかすのではないかと、気が気ではなかったよ」

「まだ、だあれも来ないけ」

「来ない。ちょうどいいのだ。わしはね、お前一人に用事があるんだよ」

夕闇の中に、ベチャベチャと舌なめずりの音がして、盲獣の猿臂《えんぴ》が、たくましい蜑の肩へと、不思議な生きもののように延びて行った。

それからどんな事が起こったか、岩の割れ目に住んでいた一匹の蟹《かに》のほかには誰も知らない。

近視眼の蟹は、目の前に、赤黒い女の足首が二本、ニューと延びて来たのを見た。それだけしか見えなかった。

だが、彼は、その足首が、半時間ほどの間に、実にさまざまな形に変化したのを、世にも不思議なことに思った。足の裏にお婆さんの額のような皺がよったり、反対に、一枚の金属のように伸びきったりした。

そして最後に、その足は、グッタリと、全く力を失って地上に横たわった。見る見る血の気が失《う》せて、赤黒かった皮膚は、渋紙《しぶがみ》色に変色し、その上、どこから流れて来るのか、ドス黒い血潮が、川のように足首を伝って、ドクドクと流れ、忽《たちま》ち白い砂地にまっ赤な円を描いた。

蟹は甘そうな血の匂いに我慢がしきれなくなって、穴を這い出し、さし足抜き足、血の川へと近づいて行った。別に危険はないらしい。思いきって、足首にのぼりつき、甘い苺汁《いちごじる》を舐《な》め舐め、だんだん上の方へと進んで行ったが、蟹だとて、これが驚かずにいられようか、その足首は、中途でブッツリ切れていたのだ。膝の下で、突然、まっ赤な切り岸になっていたのだ。切り岸の断面には、白い骨を中心にして、牛肉のようにおいしそうな赤いものが、垂れ下がり、その上を、血のりのトマトソースが美しく流れていた。

可哀そうな第一の蜑は、かくして殺人鬼盲獣の餌食となり果てたのである。

盲目の彫刻家

作者は盲目の殺人淫楽者について、余りにも長々と語り過ぎたようである。

作者はこの物語の主人公である盲獣が、レビュー団の女王水木蘭子を、カフェの中年マダム真珠夫人を、未亡人クラブの若き会員大内麗子を、たくましき漁村の蜑《あま》を、弄《もてあそ》び、殺し、手と足をバラバラに斬りきざんで、その死骸を、世にも奇怪なる方法で、公衆の面前に曝《さら》しものにして見せた、不気味にもいまわしき顚末《てんまつ》を書き続けて来た。

むろん彼の悪行《あくぎょう》は、以上に尽きたわけではない。本来なれば、第二、第三の蜑を、彼が如何にむごたらしくもてあそび、殺したか。そのバラバラの死体が如何なる方法によって、附近の都会の上空から雨と降ったか。更に、漁村をあとにした盲獣の触手はどこに延びて行ったか。そして、どのような女を、どのようにもてあそび且つ処分したか、等々について、長々と書き記すべきであるかも知れない。だがそれはもはや蛇《だ》足《そく》である。作者も飽きた。読者諸君も恐らくは飽き果てられた事であろう。少なくとも我が醜怪なる主人公盲獣の為人《ひととなり》、その病癖《びょうへき》、その所業は、以上の記述によって「もうわかった、わかった」と顔の前で手を振らねばならぬほど、わかり過ぎるほどわかってしまったに違いないからである。

そこで、たった一つ残っている事は、書き漏《も》らしてならぬ事は、かれ盲獣の少々風変わりな最期《さいご》についてである。

この物語には探偵も警官も登場はしない。盲獣は最後まで巧みにその筋の網の目を逃れて逮捕されるようなことがなかったからである。では、悪人亡びず、かくまでの悪行《あくぎょう》が何の天罰も受けずして終わったかと云うに、むろんそんな筈《はず》はない。かれ盲獣は亡びたのだ。

しかし、天道様《てんどうさま》には少し申し訳がないけれど、この悪人の最期は、さほど悲惨なものではなかった。いや、むしろ彼は楽しく、喜ばしく、何の思い残すところもなく瞑目《めいもく》したのであったかも知れない。それは何となく信じ難い奇妙な事柄であった。盲獣は不思議な贈り物をこの世に残して行ったのだ。その贈り物の故に、彼の死が決して悲惨でなかったと想像されるのだ。

貝が病気をして真珠の玉を産み出すように、彼の醜い病癖が、世にも驚くべき遺産を残して行った。そして、考え方によっては、彼のあの残虐極まる一生涯も、実はこのすばらしい贈り物を産み出すための、手段に過ぎなかったのではないかとさえ思われるのだ。もしそうだとすれば、ことごとくは許されないまでも、彼の罪の半ばは消え去ってしまうほど、その贈り物は、貴重なものであった。

で、お話は飛躍して、盲獣がかの漁村をおとずれてから、一年余りもたった、秋の一日の事である。N美術展覧会の有力な審査員で、奇癖を以て聞こえている彫刻家首藤《しゅどう》春秋《しゅんじゅう》氏は、全く未知の人物から、左のような手紙を受け取った。

私は今秋の、展覧会に、私の生涯をささげた製作品を出品したいと切願するものでございます。それは如何なる国、如何なる時代にもかつて前例を見ない、麗《うる》わしくも、不可思議な美術品でございます。私は、私自身のためにも、美術界のためにも、どうしてもこれを先生のご好意を以て世に出して頂きたいのです。

先生、私は盲人なのです。盲人が四十余年の生涯をささげて作り上げた、触覚の芸術です。それには七人の女の生血《いきち》がこもっています。七人の女の命がささげられています。

かく申し上げても、先生の好奇心は動かないでございましょうか。いや、必ず先生は私の願いをお容れ下さいます。私はそれを信じて疑いません。

さて、先生が私のこの切なる願いをお容れ下さいますならば、先生は左の指定に従って私の不思議なアトリエを御訪問下さらねばなりません。私はある事情のために、その秘密のアトリエを一歩も外に出られない身の上です。先生の方から御足労を願うほかには、全く方法がないのでございます。

お気味がわるいでしょうか。先生はこの異様な申し出でに二の足をお踏みなさるのでしょうか。いやいや、私は先生がそのような方だとは思いません。先生は必ず来て下さいます。必ず来て下さいます。

アトリエへの道順

麹町区Y町……番地も持主もわからぬ空邸宅《あきていたく》があります。附近で化物屋敷《ばけものやしき》とお尋ね下さればすぐわかります。先生は独りでその化物屋敷へおはいりなさらねばなりません。玄関を上がって正面の廊下をまっ直ぐに突き当たりますと、そこの壁一杯に大鏡がはめてあります。先生はその鏡の右の柱の上の鴨居の裏へ手を伸ばして、小さな釦《ぼたん》をお探しにならねばなりません。それを強く押すのです。すると、鏡が開いてその奥に秘密の通路が現われます。そこを二、三間進みますと、箱のようなものにぶッつかりますが、それが私の地下のアトリエへの昇降機なのです。若《も》し先生が昇降機の操縦法をお心得でございましたら、数秒の後、先生はちゃんとアトリエの内部に御到着なさるでございましょう。

盲目の一彫刻者より

首藤氏は一日一《ひ》と晩《ばん》その手紙のことばかり考えていた。陥穽《かんせい》のような気もした。何か犯罪めいた匂いさえ感じられた。しかし、さすがは美の神につかえる首藤氏であった。それらの不気味さよりは、さもさも自信ありげに記されたその製作品に対する好奇心の方が大きかった。

作者の盲人であること、異様なアトリエの所在などが、風変わりな此《こ》の美術家の嗜《し》好《こう》に投じた。これはひょっとしたら、すばらしい掘り出しものかも知れぬぞという予感が、この美術家を夢中にしてしまった。

翌日、首藤氏は単身指定の場所へ出向いて行った。空邸宅はすぐにわかった。門のくぐり戸に手をかけると、何なくあいた。

おずおず邸内にはいって見ると、なるほど化物屋敷に相違なかった。玄関も、廊下も、蜘蛛の巣だらけで、歩くと濛々《もうもう》とほこりが舞い上がった。行き当たりの大鏡というのもあるにはあったけれど、汚れくすんで全く鏡の用をなさず、大きなひび割れさえ出来ていた。

首藤氏は用意の懐中電燈を照らして、注意深くあたりを調べながら、鴨居の裏を探ると、果して押し釦があった。それを押せば、大鏡が魔物のように音もなく動いて、ポッカリとまっ黒な口を開いた。

さすがの首藤氏も、その何かの巣窟のようなほら穴を眺めた時には、よほど引き返そうかと思った。警官を同行するか、せめて書生でもつれて来ればよかったと後悔した。

だが、この美術家は奇癖と共に人並すぐれた胆力の所有者であった。「エエ、構うものか、踏《ふ》ん込《ご》んでやれ」と、美術学生時代の蛮勇をふるって、彼はとうとうそのほら穴へはいって行った。エレベーターに突き当たると、少しも躊躇せずハンドルを握った。

この化物屋敷は空家に見えて、その実空家ではないのだから、動力線が引き込んであるのに不思議はなかったけれど、ハンドルを動かすと共に、ゴーッとモーターの音が聞こえ始めた時には、なぜともなくギョッとしないではいられなかった。

だが、昇降機は少しの異状もなく、地底に到着した。

首藤氏は一歩昇降機を踏み出して、地底の暗闇に懐中電燈の筒先を向けたかと思うと、その円光の中に映し出された光景の余りの異様さに、アッと驚きの声を立てないではなられなかった。

読者諸君はすでに熟知せられる通り、そこには、あらゆる大きさの、あらゆる姿体《したい》の、あらゆる色彩の、人体の部分部分が、或いは小山の如く横たわり、或いは草叢の如く生え並び、或いは柱の如くそそり立ち、或いは果物の如く生《な》り実《みの》っていた。お尻の山がそびえ、太腿のスロープが流れ、腕の林がそよぎ、乳房の果実がみのり、一間もある鼻がいかり、一丈もある口が笑っていた。

首藤氏は、この何とも形容の出来ない地獄風景に先《ま》ず胆を抜かれた。しかし、懐中電燈の円光がそれらの光景を這い廻るに従って、彼はそこに醸《かも》し出された複雑極まりなき曲線の美にうたれないではいられなかった。

彼はだんだん夢中になりながら奥へ奥へと進んで行った。不気味な手紙の事も、それの差し出し人の盲人のことも、今彼のいる場所が恐ろしい地底の洞窟《どうくつ》であることも、何もかも忘れ去って、ただ眼前の悪夢のような光景に、惹《ひ》き入れられて行った。

「こいつは驚いた。実に恐ろしい奴が、世の中にはいるもんだなあ。だが待てよ。こんなべら棒な大きなものが展覧会に出品出来ると思っているのかしら。いや、そうじゃない。アレだ。アレに違いない」

ふと円光の中に、異様な物の姿が映った。

それは一人の裸女の塑像《そぞう》らしいものであった。長方形の木製の台の上に、その女身像らしいものが、不思議な形で横たわっていた。

なぜ「らしい」というか。それはどこの展覧会でもかつて見たことのない、気違いめいた一つの塊であったからだ。どんなダダ主義者でも、まさかこれほど不様《ぶざま》な彫刻はしないだろうと思われるような代物《しろもの》であったからだ。

だが、不思議なことに、首藤氏の目は、その白い塊に釘づけになって動かなかった。

彼は何かしらハッと悟るところがあったのだ。

彼の目は輝いた。心臓は早鐘のようにうち始めた。腋の下に冷たい汗がトロトロと流れた。

彼は仰天《ぎょうてん》したのだ。その気違いめいた塊の中に含まれている異様な美にうちのめされたのだ。

彼は懐中電燈を投げ捨てて、その醜い彫像へ飛びついて行った。

そして、芸術家の鋭敏な両手の指が、むさぼるように彫像の表面をなでさすり始めた。

「すてきだ。すてきだ。この触覚はどうだ、この触覚はどうだ。実にすばらしい」

途切れ途切れに、訳のわからぬ世迷言《よまいごと》をつぶやきながら。

悪魔の遺産

不思議なことに、首藤氏に手紙を出した盲人は、その地底のアトリエにはもちろん、邸内のどこを探しても、姿を見せなかった。

首藤氏はどうかしてこの驚くべき天才作家を探し出そうとして骨折ったが、展覧会の搬入締切日《はんにゅうしめきり》まで、彼は遂に姿を現わさなかった。

しかし、作者がこの製作品を出品したがっていたことは確かだ。

それに作者の行方がわからぬという理由で、空しく地底に埋めておくには、余りにも貴重な作品であった。

首藤氏は他の審査員達の反対を押しきって、作者不詳としてこの彫塑《ちょうそ》を入選せしめることに成功した。

N展覧会は開かれた。

果然、作者不詳の彫塑は世間を騒がせた。だが、それは「どうしてこんな馬鹿馬鹿しいものを入選させたのか」という非難の意味においてであった。

見物人達は、素人《しろうと》も玄人《くろうと》も、その彫塑の前に立ってあっけにとられた。

その裸美人は一体にして三つの顔、四本の手、三本の足を具《そな》えていた。しかもその顔、その手足は、或るものは大きく、或るものは小さく、或るものは肥え、或るものは痩せ、全く不揃いでちぐはぐに見えた。調和とか均整とかいうものが美の要素であるとすれば、この作品は美とは正反対のものであるとしか考えられなかった。

乱れた髪の下に一つの首があった。その首の三方に三つの顔がついていた。つまりこの女人は、六つの目と三つの鼻、口を具えているのだ。その奇妙な首を一本の腕が、つき肘をして支えていた。第二の腕は後頭部（といっても、そこにも顔があるのだが）を圧《おさ》えて、肘を空ざまに立て、第三、第四の腕は胸の前に何かを抱擁している形に左右から交《まじ》わっていた。

その胸――異様に広い胸には、けだもののように、四つの大小不揃いな乳房が、ふくれ上がっていた。

お尻のふくらみは三つに分かれ、その間に二つの深い谷間が出来ていた。そして、足が三本、或るものは曲り、或るものは伸び、あるものは立て膝の不行儀な形で、よじれ合っていた。

この彫刻の醜さは、それらの多過ぎる手足のためというよりは、むしろ人体各部のつり合いが気でも違ったように滅茶滅茶で、一見して人間という感じが少しもしない点にあった。例えば、頭部が異様に小さく、頸が恐ろしく長く、背中が普通の割合の倍も広く、腹部は板のようにペチャンコで、お尻が異常にふくれ上がっているというぐあいに、その不均整《ふきんせい》がどんな微細な部分までも行き渡っているのであった。

人々はそれを見て、先《ま》ずあっけにとられ、次の瞬間には、プッと吹き出さないではいられなかった。芝居に喜劇があるように彫刻に喜劇があるものとしたら、この出品は恐らく大成功であったかも知れない。だが、見物達は笑う彫刻などというものには慣れていなかったので、ただ失笑し軽蔑してサッサと前を通り過ぎるばかりであった。

では首藤氏はなぜそんな滑稽な化物を入選させたのであるか。一体この彫刻のどこにそれほどの取柄《とりえ》があったのか。

その秘密は間もなくわかる時が来た。

開会後二、三日すると、N展覧会には盲人の入場者が多勢つめかけて来た。この不思議な彫刻の作者が盲人であることを聞き伝えたためであろうか。いや、如何に作者が仲間の盲人であったとしても、ただそれだけの理由で、目の見えぬ見物がこんなに押しかけて来るはずはない。この作品には、何かしら、盲人のみを惹きつける特徴があったのであろうか。

それが証拠に、見物の盲人達は、他の作品は少しも顧みず、ただこの不思議な彫刻のまわりに集まって、いつまでもいつまでも、その女人像を撫でさすって楽しんでいるのであった。ちょうど首藤氏が最初これを発見した時に、先ずその表面を撫でさすったと同じように。

一方ではある大新聞の文芸欄に、審査員首藤春秋氏の奇妙な論文が掲載せられ、百万の読者を仰天させた。

その論文は「触覚芸術論」と題するもので、作者不詳の怪彫刻を紹介推賞した。連載数日にわたる長文であったから、ここに全文を掲げるわけには行かぬけれど、その意味は大体左の如きものであった。

触覚芸術論

この世には、目で見る芸術、耳で聞く芸術、理智で判断する芸術などのほかに、手で触れる芸術が存在して然るべきである。

我々が日常手に触れるもの、例えば書物のページだとか、ペン軸だとか、ステッキの握りだとか、ドアの取手《とって》だとか、毛皮の襟巻だとかは、目で見た形状、色彩などのほかに、触覚的な美しさが重大な要素となり、製作者はそれを念頭において製作しているに違いない。

これは非常に卑近な触覚美の一例に過ぎないが、この種の美を一つの芸術として扱ってみることは出来ないであろうか。

我々の従事している彫刻芸術は、面の凹凸《おうとつ》を取り扱うものであるから、最も触覚美に縁が深いはずであるにもかかわらず、古来触覚のみの美を目的として製作した作者はいない。彼等が狙うところは、ただ目で見た形であって、手で触れた形ではなかった。大理石を材料とする場合にも、彼等が触覚を第一に考えたわけでは決してないのだ。実に奇妙なことだけれども、我々は視覚ばかりを考え、触覚を少しも意に介しなかった。それはなぜか。ほかでもない。我々には目があるからだ。我々は盲人ではないからだ。

若し人間が犬のように嗅覚《きゆうかく》が鋭敏であったら、この世にはもっともっと匂いの芸術が発達したであろう。それと同じく、我々に目がなかったならば、この世にはもっともっと触覚の芸術が発達したに違いない。

しかし我々は盲人ほどではないが、相当鋭敏な触覚を附与されて生まれている。その触覚を現在の如く黙殺していてよいのだろうか。我々は閨房《けいぼう》の遊戯のほかに、この鋭敏なる触覚の用い場所はないのであろうか。

触覚のみの芸術！　これこそ我々彫刻家に残された一つの重大なる分野《ぶんや》ではないのか。目で見た形と、手で触れた形とは、相似たるが如くにして、実は甚だしく相違しているものである。従って、触覚的彫刻は、今あるが如き彫刻とは全然違ったものでなければならぬ。

私は日頃から、半ば夢想的《むそうてき》に、そのような考えを抱いていたのであるが、ある日無名の盲人の生涯をかけたという製作品に接して、私の夢想が決して単なる夢想でなかったことを確かめ、躍り上がるばかりの歓喜を味わった。

それは目で見た形は、全く無意味な一つの塊に過ぎない。だが、一《ひ》とたび目を閉じて、その表面を撫でさすってみるならば、今まで目にしていた形とは全然異なった、一つの新しい世界を発見して、愕然《がくぜん》として驚かねばならないであろう。そこに純然たる触覚美が存在するのだ。視覚あるが故にさまたげられて、気づき得なかった別の世界があるのだ。

それは盲人でなければ創造し得ない作品であった。又盲人でなければ真に鑑賞し得ない作品であった。

今、展覧中の、その盲人の作品の前には、毎日沢山の盲人達が群がりよって、美しき触覚を楽しんでいる。これが私の触覚芸術論を裏書きする何よりの証拠ではないか。盲人達は我々が見て傑作なりとしている彫像には、指先を触れようともしないのだ。そして、我々に滑稽に見えるかの作品に群がりよって行くのだ。

私はあの盲人の傑作に接して、生まれて初めて、目のあることを残念に思った。私といえどもあの作品を充分に味わうほど、触覚が純粋ではなかったからである。

しかし、世の目ある人々よ、諸君は諸君の不幸をそんなに悲しむことはない。盲人ほどではなくても、あの彫刻の美しさは或る程度まで理解することが出来るのだ。それがどのような美しさであるか。とうてい文字で表現する術《すべ》はない。触覚の秘密世界を覗きたい人は、N展覧会の彫刻室を訪れて、問題の彫刻の前に立ち、瞑目して静かにその肌を撫でさすってみるがよい。

この不思議な論文が発表されてから、展覧会の入場者は俄《にわ》かに激増した。そして、その入場者の悉《ことごと》くが問題の彫刻のまわりに群がり集まった。今は盲人だけではなく、目のある人々も先を争って、その彫刻の肌に触れようとした。その美しさのわかる人もあった。わからない人もあった。しかし誰も彼も、一応はそれに指を触れないでは承知しなかった。そして、さもさも感にたえたるが如く無名の盲目作者をほめたたえないでは承知しなかった。

毎日毎日、それらの群集にもまれて、一人の醜い中年の盲人が、その彫刻の前に立ちつくしていた。彼は別に彫刻に指を触れようとするではなく、ただあちこちと人波を分けながら、群集の話し声に聞き入っていた。そして、何かニタニタと独り悦に入っていた。

触覚美術の噂は日一日と高く、展覧会の入場者は閉会が近づくに従って数を増していった。それほども一盲目彫刻家の作品が世間を騒がせていたのだ。

遂に展覧会最終の日が来た。その日も好奇に燃える群集は、早朝から彫刻室へつめかけて来た。そして、彼等はそこに、目ざす彫刻の上に不思議な一物を発見して、ギョッと立ちすくんでしまった。

四臂《ひ》三脚《きゃく》の裸女の上に、一人の醜い盲人が、おっかぶさるようにとりすがって、死に絶えていたのだ。彼の口からは毛糸のような血のりが一筋、タラタラと流れて、彫像の白い肌を美しく彩《いろど》っていた。

この盲人こそ、世を騒がせた触覚美術の作者であった。そして、読者も容易に想像される如く、彼は我々のいわゆる盲獣その人であった。

盲獣はあらゆる女性の肉体をあさり、その美を味わい尽した。そして遂に殺人淫楽《さつじんいんらく》にも飽き果てたのであるか、それとも、彼の罪業《ざいごう》の数々はすべて手段に過ぎなくて、盲目の世界の芸術をこの世に残すことが、彼の最終の目的であったのか、作者はその何れであるかを知らぬけれど、ともかく、罪業の半ばをつぐなうに値《あたい》するほどの、すばらしい贈り物を残して、それに対する輝かしい賞讃の声を耳にして、何の思い残すところもなく、盲獣は彼の作品を愛撫しながら、楽しき毒薬自殺をとげたのである。

だが、次の一事は、恐らく何人《なんぴと》も気づかなかった。

あの彫刻の一つの顔と、一本の腕と、一つの乳房は水木蘭子を、一つの顔と、一本の脚は真珠夫人を、二つの乳房と、一つのお尻と、腹部とは大内麗子を、ある部分は漁村の蜑《あま》を、又ある部分は読者の知らぬ美しき被害者を、それぞれにモデルとして、その触感がそっくりそのまま再現されていたこと、それ故にこそ、あの彫像の手足が、或いは太く或いは細く、異様に不均整《ふきんせい》であったのだし、又、盲獣の手紙の中に、七人の女の命がこもっているなどと、異様な文句が記されていたのだということを、何人も、当《とう》の首藤氏さえも、少しも気づかなかった。そして、恐らくは、あの彫像がいつまでも保存されようとも、如何に持て囃されようとも、永久の秘密となって残ることであろう。

（博文館『朝日』昭和六年一月号―七年三月号）

妻に失恋した男

わたしはそのころ世田谷警察署の刑事でした。自殺したのは管内のS町に住む南田《みなみだ》収一《しゅういち》という三十八才の男です。妙な話ですが、この南田という男は自分の妻に失恋して自殺したのです。

「おれは死にたい。それとも、あいつを殺してしまいたい。おい、笑ってくれ。おれは女房のみや子にほれているのだ。ほれてほれてほれぬいているのだ。だが、あいつはおれを少しも愛してくれない。なんでもいうことはきく、ちっとも反抗はしない。だが、これっぽっちもおれを愛してはいないのだ。

よくいうだろう、天井のフシアナをかぞえるって。あいつがそれなんだよ。『おいっ』と、怒ると、はっとしたように、愛想よくするが、そんなの作りものにすぎない。おれは真《しん》からきらわれているんだ。

じゃあ、ほかに男があるのかというと、その形跡は少しもない。おれは疑い深くなって、ずいぶん注意しているが、そんな様子はみじんもない。生まれつき氷のように冷たい女なのか。いや、そうじゃない。おれのほかの愛しうる男を見つけたら、烈《はげ》しい情熱を出せる女だ。あいつは相手をまちがえたのだ。仲人《なこうど》結婚がお互《たがい》の不幸のもとになったのだ。

結婚して一年ほどは何も感じなかった。こういうものだと思っていた。二年三年とたつにつれて、だんだんわかってきた。あいつがおれを少しも愛していないことがだよ。不幸なことに、おれの方では逆に、年がたつほど、いよいよ深く、あいつにほれて行ったのだ。そして、半年ほど前から、その不満が我慢できないほど烈しくなってきた。こうもきらわれるものだろうか。だが、いくらきらわれても、おれはあいつを手ばなすことはできない。ほれた相手に代用品なんかあるもんか。ああ、おれはどうすればいいのだ。

おれは、あいつを殺してやろうと思ったことが、何度あるかもしれない。だが、殺してどうなるのだ。相手がいなくなったからって、忘れられるもんじゃない。おれは失恋で死んでしまうだろう。

しかし、もう一日もこのままじゃ、いられない。あいつが殺せないなら、おれが死ぬほかないじゃないか。おれは死にたい、死にたい、死にたい」

こんなよまいごとを、直接聞いたわけじゃありません。南田収一が酔ったまぎれに、涙をこぼしながら、わめきちらしたことが、たびたびあったと、南田の親しい友だちから、あとになって聞きこんだのです。その友だちは、こわいろ入りで話してくれましたが、まあこんなふうだったろうと、わたしが想像してお話しするわけですよ。

ある晩、南田収一は自分の書斎《しょさい》のドアに中からカギをかけて、小型のピストルで自殺してしまいました。わたしはその知らせをうけて、すぐに同僚といっしょに、S町の南田家へかけつけました。

そのときはまだ、自分の妻に失恋して自殺したなんて少しも知らないので、自殺の動機をさぐり出すのに、たいへん骨がおれました。

南田の父親は戦後のドサクサまぎれに財産を作った男で、南田収一はその財産を利殖《りしょく》して暮らしていればよいのでした。父母は死んでしまい、兄弟もなく、うるさい親戚《しんせき》もないという羨《うらや》ましい身の上でした。つき合いも広くはなく、夫婦で旅行をしたり、いっしょに映画や芝居を見るぐらいが楽しみで、近所では実に仲のよい仕合わせな夫婦だと思いこんでいました。

変事《へんじ》の知らせがあったのは夜の九時半でしたが、かけつけて奥さんのみや子さんに聞いてみると、そのとき、女中は母親が病気で午後から千住《せんじゅ》の自宅へ出かけてまだ帰らず、主人は虫歯が痛むといって、琴浦《ことうら》という近所の歯科医へ行って、帰ったかとおもうと、そのまま洋室の書斎へとじこもってしまって、なにか考えごとにふけっている。奥さんは手持ぶさたに、茶の間で編《あ》みものをしていたというのです。

するると、書斎の方で、なにかへんな音がした。表の大通りからオートバイなどの爆音がよくきこえてくるので、へんな音にはなれていたけれど、今のはなんだか感じがちがう。それに主人が毎日ひどくふさいでいたことも気にかかるので、書斎へ行ってドアをあけようとしたが、中からカギがかかっている。いくら叩《たた》いても返事がない。合鍵《あいかぎ》というものが作ってないので、そとへまわって、ガラス窓からのぞいてみると、主人があおむけに倒れて、口から血が流れていたというのです。

わたしたちも、その窓のガラスを破って書斎にはいり、机の上にあった鍵でドアをひらきました。

南田収一は黒い背広を着て、あおむけに倒れていました。口と後頭部が血だらけで、息が絶えていることは、一見してわかりました。あとから警視庁鑑識課の医者がしらべましたが、南田は小型ピストルの筒口《つつぐち》を口の中へ入れて発射したのです。後頭部が割れて、ひどい状態になっていました。

貫通銃創《かんつうじゅうそう》ですから、ピストルのたまがどこかになければなりません。室内を調べてみると、そのたまは一方のシックイ壁に深く突き刺さっていました。南田はその壁の前に立って自殺したのです。遺書らしいものは、いくら探しても発見されませんでした。

むろんピストルの出所が問題になりました。許可を受けて所持していたわけではなかったのです。これは戦争直後、南田の父親がアメリカ人からもらったもので、たまといっしょに机の引出しの奥にしまったまま、奥さんなどは忘れてしまっていたということでした。

密室の中の自殺で、ピストルは南田が右手に握ったままなのですから、これはもう少しも疑うところはありません。自殺にちがいないと判断されました。

いくら疑いのない情況でも、警察の仕事はそれで終わるわけではありません。自殺の動機を調べてみなければならないのです。

わたしは奥さんにそれをたずねる役を引きうけました。事件の翌日、少し気のしずまるのを待って、南田家の茶の間でさし向かいになり、いろいろたずねてみました。

みや子さんは、南田があれほど恋したのも無理はないほど魅力のある女性でした。年は二十八才、南田が痩《や》せっぽちの小男なのにくらべて、上背のある豊かなからだで、目のさめるような美しい人でした。

奥さんと話しているうちに、わたしは何か隠しているなという感じを受けました。しかし、そう深くたずねるわけにもいきませんので、故人の友だちを教えてもらって、次々とあたってみることにしました。そして、最初にお話しした親しい友だちを見つけ、南田の奇妙な失恋の話を聞きこんだのです。

そこで、もう一度奥さんに会って、うまく話を持っていきますと、奥さんもちゃんとそれを知っていたことがわかりました。主人のその気持はわかっていたが、自分にはあれ以上どうすることもできなかった。主人は精神異常者だったのではないかというのです。

しかし、わたしには、みや子さんが、いわゆる冷たい女だとは、どうしても考えられませんでした。こういう女に冷たく仕向けられたら、南田が悶《もだ》えたのも無理はないとさえ思いました。

これで自殺の動機は推定されたのです。普通の人間はそんなことで自殺をしないでしょうが、病的な神経の持ち主ならば、そういう気持にならないとも限りません。そこで、この事件は一応けりがついたわけです。

ところが、わたしはこの結論に満足しなかったのです。自分の妻に失恋して自殺したというのは、人間心理の一つの極端なケースとして、小説にでも書けば面白いかもしれませんが、わたしにはどうも納得できませんでした。長年刑事をやってきた経験からの勘《かん》というやつが承知しないのです。

ですから、この事件が警察の手をはなれてからも、わたしは余暇《よか》を利用して、もっと深くさぐってみようと決心しました。実はそういう抜けがけの功名《こうみょう》みたいなことは禁じられているのですが、余暇を利用して、個人としてやるのなら構わないと思いました。
わたしは南田家の近所から聞きこみをしようと、いろいろやってみましたが、何も出てきません。みや子さんも、一週間に一度ぐらい訪ねて、無駄話《むだばなし》をしました。しかし、ここからも何も引き出せません。

みや子さんは主人の葬式をすませると、広い家に女中とふたりで、つつましく暮らしていました。むろん南田の財産はみや子さんのものになるのです。その額は三千万(注20)円を下らないだろうということでした。

わたしは、ふと、南田が自殺の直前に琴浦という近所の歯科医院へ行ったということを思い出し、そこを訪ねてみました。事件の当時にも、「自殺するものが歯を治したって仕方がないじゃないか」と思ったので、みや子さんに聞いてみましたが、この夫妻はふたりとも歯性が悪く、たえず近所の琴浦歯科医院へかよっていて、南田は自殺の前にも虫歯が烈しく痛みだし、ともかくその痛みをとめるために歯医者へかけつけたのだろうということでした。歯医者へ行ったときには、まだ充分決心がついていなかったのかもしれません。そして、書斎で物思いにふけっているあいだに、とうとう自殺する気になったのかもしれません。こういう微妙な点は常識だけでは判断できないものです。

琴浦という歯医者は南田家の裏にあたるT町の大通りにありました。歩いて三分ぐらいの距離です。琴浦医師は一年ほど前奥さんに死なれて、子どももなく、かよいの看護婦と女中だけで暮らしているということでした。四十ぐらいのがっしりした男で、マユの太い骨ばった浅黒い顔で、背も高く、肩幅も広く、スポーツできたえたような頼もしい体格です。聞いてみると、南田が自殺の直前、虫歯の痛みをとめてもらいに来たのは事実で、しかし、歯の痛みだけでなく、何か非常に憂鬱《ゆううつ》な様子だったというのです。それ以上のことは何もわかりませんでした。

それから三カ月ほど、わたしは執念深くこの事件に食い下がりました。故人の友だち関係は申すまでもなく、あらゆる方面を調べました。琴浦歯科医院に出入りする薬屋や医療器械店まで訪ねたほどです。

すると、Kという医療器械店の店員から、へんなことを聞きこみました。事件の直後、琴浦医院の治療室にある手術椅子の、差しこみになった枕だけを一個、至急持ってくるようにと、注文を受けたというのです。では、古いのと取りかえたのかと聞きますと、古いのは薬品で汚したので捨ててしまったといわれるので、取りかえでなく新しいのだけを渡したという返事でした。

わたしは、このちょっとした事実にこだわりました。こだわる理由があったのです。

そこで、琴浦医師にはないしょで、女中さんに、古い枕を捨てたことはないか、ゴミ箱にそういうものがはいっていなかったかとただし、また、その辺を回っているゴミ車の人夫をとらえて、聞き出そうとしたり、手をつくして調べました。しかし、だれも古い枕を見たものはないのです。

琴浦医師はその古い枕を焼きすてたのではないかと想像しました。手術椅子の枕を、なぜ焼きすてなければならなかったか。

わたしは一つの仮説を立てていました。非常に突飛《とっぴ》な仮説ですが、そこにこの事件の盲点があるのではないかと考えたのです。そして、琴浦氏が枕を焼きすてたという想像は、このわたしの仮説とぴったり適合したのです。

みや子さんもたびたび琴浦医師に歯の治療をしてもらっていたということを聞いたときから、わたしは一つの疑いをもっていました。みや子さんは琴浦医師に、はじめて真に愛しうる男性を見いだしたのではないか。そして、ついにふたりは共謀して南田を殺害するにいたったのではないかという考えです。治療椅子の枕を新しくしたという事実が、この考えを強力に裏書きしました。

わたしは琴浦とみや子さんの身辺に、いよいよ執念ぶかく、つきまといました。ふたりが話し合っている部屋のそとから、立ち聞きしたことも、たびたびでした。

そして、南田が死んでから、ちょうど三月目《みつき》に、ふたりは恐怖に耐えられなくなって、とうとう、わたしの前に兜《かぶと》をぬいだのです。

みや子は南田に対して極度に用心ぶかくしていました。南田の生前には、琴浦と最後の関係におよんでいなかったほどです。看護婦の目を盗んで、ささやきと愛撫《あいぶ》だけで我慢しながら、その我慢のつらさゆえにこそ、ついにこの完全犯罪ともいうべき殺人を計画するにいたったのです。むろん、三千万円の相続ということも、強い動機でした。

琴浦はなぜ治療椅子の枕を焼きすてたか。その枕はピストルのたまで射抜《いぬ》かれ、血のりで汚れたからです。それが恐ろしい他殺の証拠になるからです。

犯人が被害者の口の中へピストルの筒先を入れて発射するなんて、まったく不必要なことですし、普通の場合、ほとんど不可能な方法です。したがって、口中にピストルをうちこんだ死体を見たら、だれでも自殺としか考えないでしょう。その裏をかいたのがこの犯罪でした。

歯科医はいろいろな金属の器具を患者の口の中に入れて治療します。そのとき患者はたいてい眼をつぶっているものです。たとえ眼があいていても、視覚をはずして下の方からピストルを近づけ、その先を口の中へ入れれば、やはり治療の器具だとおもって、患者はじっとしているでしょう。そこで手早く発射すればよいのでした。

そのとき看護婦はもう家へ帰っていましたし、女中は口実を設けて使いに出してありました。また、問題のピストルは、みや子が主人の机の引き出しの奥から取り出して、前もって琴浦に渡しておいたのです。

ピストルのたまが南田の頭蓋骨《ずがいこつ》を貫通し、枕の木をつらぬいて床におちたのを、あとで、南田家の書斎の壁に叩きこんでおいたというのです。柔らかいものを当てて、金ヅチで叩いたのです。

この犯罪には、もう一つ都合のよい条件がありました。南田家と歯科医院は、表から回れば三分もかかりますが、裏口は、草のしげった空き地をへだてて、つい目と鼻のあいだに向かい合っていたことです。琴浦とみや子は、治療室の死体を、夜にまぎれて、裏口から南田家の書斎へ運び、指紋をふきとったピストルを、死体の手に握らせ、別の鍵でドアをしめました。カギはほんとうに一つしかなかったのですが、歯科医ですから、みや子に型をとらせて、合カギを鋳造《ちゅうぞう》するぐらい、わけのないことでした。

(『産業経済新聞』昭和三十二年十月六日、十三日、二十日、二十七日、十一月三日)

指

患者は手術の麻酔から醒《さ》めて私の顔を見た。

右手に厚ぼったく繃帯《ほうたい》が巻いてあったが、手首を切断されていることは、少しも知らない。

彼は名のあるピアニストだから、右手首がなくなったことは致命傷《ちめいしょう》であった。犯人は彼の名声をねたむ同業者かもしれない。

彼は闇夜の道路で、行きずりの人に、鋭い刃物で右手首関節の上部から斬り落とされて、気を失ったのだ。

幸い私の病院の近くでの出来事だったので、彼は失神したまま、この病院に運びこまれ、私はできるだけの手当てをした。

「あ、君が世話をしてくれたのか。ありがとう……酔っぱらってね、暗い通りで、誰かわからないやつにやられた……右手だね。指は大丈夫だろうか」

「大丈夫だよ。腕をちょっとやられたが、なに、じきに治るよ」

私は親友を落胆《らくたん》させるに忍びず、もう少しよくなるまで、彼のピアニストとしての生涯が終わったことを、伏せておこうとした。

「指もかい。指も元の通り動くかい」

「大丈夫だよ」

私は逃げ出すように、ベッドをはなれて病室を出た。

付添《つきそ》いの看護婦にも、今しばらく、手首がなくなったことを知らせないように、固くいいつけておいた。

それから二時間ほどして、私は彼の病室を見舞った。

患者はやや元気をとり戻していた。しかし、まだ自分の右手をあらためる力はない。手首のなくなったことは知らないでいる。

「痛むかい」

私は彼の上に顔を出して訊《たず》ねてみた。

「うん、よほど楽になった」

彼はそういって、私の顔をじっと見た。そして、毛布の上に出していた左手の指を、ピアノを弾《ひ》く恰好《かっこう》で動かしはじめた。

「いいだろうか、右手の指を少し動かしても……新しい作曲をしたのでね。そいつを毎日一度やってみないと気がすまないんだ」

私はハッとしたが、咄嗟《とっさ》に思いついて、患部を動かさないためと見せかけながら、彼の上膊《じょうはく》の尺骨神経(注21)の個所を、指で圧《お》さえた。そこを圧迫すると、指がなくても、あるような感覚を、脳中枢《のうちゅうすう》に伝えることができるからだ。

彼は毛布の上の左手の指を、気持よさそうに、しきりに動かしていたが、

「ああ、右の指は大丈夫だね。よく動くよ」

と、呟《つぶや》きながら、夢中になって、架空《かくう》の曲を弾きつづけた。

私は見るにたえなかった。看護婦に、患者の右腕の尺骨神経を圧さえているように、目顔でさしずしておいて、足音を盗んで病室を出た。

そして手術室の前を通りかかると、一人の看護婦が、その部屋の壁にとりつけた棚を見つめて、突っ立っているのが見えた。

彼女の様子は普通ではなかった。顔は青ざめ、眼は異様に大きくひらいて、棚にのせてある何かを凝視《ぎょうし》していた。

私は思わず手術室にはいって、その棚を見た。そこには彼の手首をアルコール漬《づ》けにした大きなガラス瓶《びん》が置いてあった。

一目それを見ると、私は身動きができなくなった。

瓶のアルコールの中で、彼の手首が、いや、彼の五本の指が、白い蟹《かに》の脚のように動いていた。

ピアノのキイを叩く調子で、しかし、実際の動きよりもずっと小さく、幼児のように、たよりなげに、しきりと動いていた。

（宝石社『ヒッチコックマガジン』昭和三十五年一月）

注1　楽屋風呂
　劇場の楽屋にある俳優用の風呂。
注2　一丈
　約三、〇三メートル。
注3　そこひ
　白内障・緑内障など、眼底の病気の古い言い方。
注4　常小屋
　芝居・見世物の常設小屋。定小屋。
注5　白首
　おしろいを首に濃く塗った、下等な売春婦のこと。
注6　四分六
　四割と六割に分けること。
注7　とくさ
　トクサ科のシダ植物。物を磨くのに使う。
注8　丈余
　一丈（約三メートル）以上。
注9　めんない千鳥
　子供の遊び「目隠し鬼」。手を打ち鳴らす手を、目隠しをした鬼が捕まえる。

注10　膩肉
　あぶらみ。なめらかな肉。

注11　細引
　細引き縄。麻などをよりあわせた細い縄。

注12　妻吉
　明治六年、大阪堀江遊郭で山梅楼の主人による「堀江六人斬り」事件が起こる。芸妓の妻吉は両腕を失った。

注13　シーショア・アンブレラ
　ビーチパラソル。

注14　子取ろ子取ろ
　子供の遊び。子取り鬼。鬼・親・子を決め、親の後ろに子が連なる。最後尾の子を鬼が捕まえるのを親が防ぐ。

注15　合トンビ
　春・秋に着物の上に羽織る男性用のコート。

注16　三円
　現在の約三千円。

注17　一円
　現在の約千円。

注18　十五円
　現在の約一万五千円。
注19　すてきもない
　すてきな。
注20　三千万円
　現在の数千万から一億円程度。
注21　尺骨神経
　腕にある神経で、小指の動きや感覚をつかさどる。

『盲獣』解説

落合教幸

江戸川乱歩の小説作品の大部分が、視覚に重点を置いたものであることは、多くの読者が気付くことであろう。

単に対象をながめるだけでなく、鏡、望遠鏡、顕微鏡などを通して、直視するのとは異なる見方をする。そのことで、読者と作中人物は、新たな世界へ導かれていく。

たとえば「鏡地獄」では冒頭近くで、このようなことが語られる。「考えてみますと、彼はそんな時分から、物の姿の映る物、たとえばガラスとか、レンズとか、鏡とかいうものに、不思議な嗜好を持っていたようです。それが証拠には、彼のおもちゃといえば、幻灯器械だとか、遠目がねだとか、虫目がねだとか、そのほかそれに類した、将門目がね、万華鏡、眼に当てると人物や道具などが、細長くなったり、平たくなったりする、プリズムのおもちゃだとか、そんなものばかりでした。」それからこの人物は、その後も凹面鏡や望遠鏡、顕微鏡などにも興味を持ち、自宅に作った実験室にとじこもるようになっていく。

「押絵と旅する男」では、古めかしい双眼鏡を携えた老人が登場する。それを使って彼の持つ押絵を眺めると、絵の中の人物が、生きているかのように蠢《うごめ》いて見えるのだった。

こうした様々な道具によって、世界の別の様態が描かれるのだが、それとは逆に、感覚を奪われた状態もまた、ひとつの加工された感覚表現ということも可能である。すぐに思いつくのは、「人間椅子」だろう。「人間椅子」では、家具職人が、内部に人間を入れることを可能にした椅子を作る。当初は盗みを目的としたものだったが、次第に椅子を通した人間の感触に興味は移っていく。視覚が閉ざされ、触覚が研ぎ澄まされた状態の中で、家具職人は椅子に座る人物を感じるのである。

また、「芋虫」では、戦争によって四肢を失った傷痍軍人が描かれる。両手両足をなくし、五感のうち、視覚と触覚だけが残されている。妻はそのような夫の世話を続けるが、次第にその視線がうとましく感じられるようになっていく。

一方、この「盲獣」では、視覚を持たない男は、犯罪者として登場する。美しい女性を誘拐し、次々と殺していくこの男は、自らの感覚や欲望について饒舌《じょうぜつ》に語る。「盲人の世界に残されているものは、音と匂と味と触覚ばかりだ。音は、音楽は、俺には吹き過ぎる風の様で、物足りない。匂いは、悲しいことに人間の鼻が、犬の様に鋭敏でない。食べものは、ただ腹がふくれるばかりだ。と考えて見ると、触覚こそ、俺達盲人に残された、唯一無二の享楽であることが分かって来た」。

行為はエスカレートし、乱歩の描写は過激さを極める。集めた女の肉体を使い、男は独自の表現に向かっていく。そのたどり着く先が「触覚芸術論」だった。

乱歩自身、昭和三十六（一九六一）年の桃源社版全集のあとがきでは「当時原稿を書いたきり、一度も読み返していなかったが、今度、校訂のために初めて通読して驚いた。ひどい変態ものである。私の作がエログロといわれ、探偵小説を毒するものと非難されたのは、こういう作があるからだと思う」と書いている。

残虐な行為を行う犯罪者たちを乱歩は数多く登場させているが、おそらくこの小説で描かれるのが、最も酷いものなのではないか。

乱歩がこの小説を書いたのは、昭和六（一九三一）年である。この年は、乱歩にとって第二の多作期の終わりに当たる。

乱歩は、『探偵小説四十年』で、大正十五（一九二六）年を第一の多作期としている。

大阪から東京へと転居するのだが、一月から「闇に蠢く」「湖畔亭事件」などの連載があり、他にいくつもの短篇や随筆を書いている。そして、年末には「パノラマ島奇談」「一寸法師」の連載も始まる。

こうした執筆ペースに無理があったのか、乱歩は翌年には休筆をするに至る。復帰には一年半ほどの期間を必要とした。

そして『新青年』に三回連載された中篇の「陰獣」で復活を果たした乱歩は、「孤島の鬼」「蜘蛛男」という長篇連載へと進んでいった。

乱歩が「孤島の鬼」を連載したのは、博文館が創刊した『朝日』である。博文館は、探偵小説の中心であり、乱歩のデビュー作「二銭銅貨」や復帰作「陰獣」をはじめ、多くの作品が掲載された『新青年』を刊行していた出版社である。当時、乱歩にとって恩のある、『新青年』元編集長の森下《もりした》雨村《うそん》は、博文館編輯局長になっていた。その森下からの依頼でもあり、乱歩は『朝日』の連載を引き受けることになる。

こうして書かれた「孤島の鬼」は、そのころ乱歩が興味を持ち、資料を集め始めていた同性愛の要素なども取り込みつつ、また、出身地でもある三重県の土地柄なども反映されたものとなっている。

この「孤島の鬼」連載中の昭和四（一九二九）年、乱歩は講談社の『講談倶楽部』でも

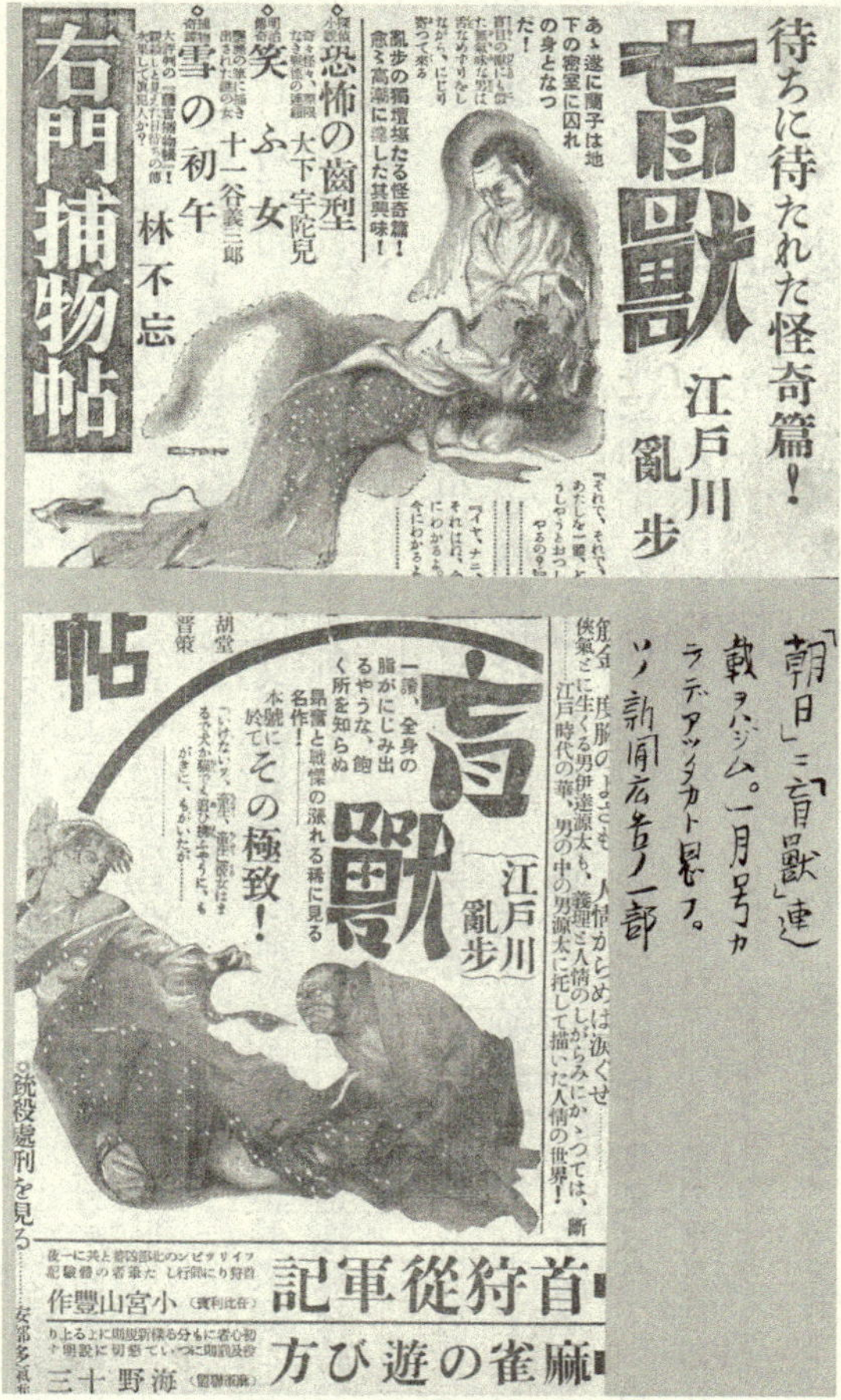

「朝日」ニ「盲獣」連載ヲハジム。(『貼雑年譜』より)

連載を開始している。「蜘蛛男」である。乱歩はこのとき講談社の連載を引き受けた理由を『探偵小説四十年』などに書いている。講談社の積極的な依頼、乱歩の金銭情況、探偵小説の主流が乱歩の作風とは離れたように感じたことなどである。いずれにせよ、多くの読者に向けた「涙香とルブランを混ぜ合わせたようなものを狙って」、乱歩は、読物雑誌を中心に長篇小説を書くようになっていく。

そして翌昭和五(一九三〇)年には、『文芸倶楽部』に「猟奇の果」、『講談倶楽部』に「魔術師」、『キング』に「黄金仮面」、『報知新聞』に「吸血鬼」と、四つの長篇連載を持つことになった。

「盲獣」の連載は『朝日』昭和六(一九三一)年一月号からである。このときまだ、「黄金仮面」「魔術師」「吸血鬼」の連載は続いており、この四つの連載が並行している。「吸血鬼」が三月に完結すると、こんどは『冨士』で「白髪鬼」の連載が四月に開始となる。『講談倶楽部』六月号は「魔術師」最終回と「恐怖王」第一回が同時に掲載されている。

そうした中で、この年、乱歩の初めての全集も刊行されている。この平凡社の江戸川乱歩全集は、乱歩が積極的にかかわり、広告案なども考案する力の入れようだった。そして全集の附録雑誌『探偵趣味』には書き下ろし小説「地獄風景」が連載される。

こうした多くの連載を抱えた状況で、何度も休載がありながらも、「盲獣」は昭和七

（一九三二）年三月号で完結を迎える。「盲獣」は乱歩全集の第八巻に収められ、連載終了後すぐに刊行された。同年には春陽堂の『日本小説文庫』でも刊行されている。

このような多忙な活動の甲斐もあり、この年には、全集や文庫によって、乱歩には多額の印税がもたらされることになった。

これにより、乱歩は執筆から解放され、「盲獣」が完結した昭和七年三月には、関係者にハガキを出し、休筆を宣言することになる。乱歩が小説に復帰するのは、『新青年』昭和八（一九三三）年十一月号の「悪霊」である。

その後乱歩は、多作期と休筆、いく度かの波を重ねて作家人生を歩んだ。昭和十一（一九三六）年の「怪人二十面相」に始まる少年探偵のシリーズは、戦後にも続いた。また、昭和十（一九三五）年ごろから意識的に書かれていった探偵小説の評論や紹介も、戦後の乱歩の執筆活動のなかで重要なものとなった。

戦後の探偵小説執筆は、昭和三十（一九五五）年を中心に一度、集中しておこなわれた。しかしこのときが乱歩にとって最後の創作の盛り上がりとなった。本書に収められた、ジョン・ディクスン・カーのトリックを借用したという「妻に失恋した男」（昭和三十二年）、小酒井《こさかい》不木《ふぼく》と合作した「ラムール」を原型とする「指」（昭和三十五年）は、

博文館の雑誌「朝日」広告（『貼雑年譜』より）

乱歩が小説から退いていった最後の時期の小品である。

監修／落合教幸
協力／平井憲太郎
立教大学江戸川乱歩記念大衆文化研究センター

本書は、『江戸川乱歩全集』（春陽堂版　昭和29年〜昭和30年刊）収録作品を底本としました。旧仮名づかいで書かれたものは、なるべく新仮名づかいに改め、筆者の筆癖はそのままにしました。漢字は変更すると作品の雰囲気を損ねる字は正字体を採用しました。難読と思われる語句には、編集部が適宜、振り仮名を付けました。

本文中には、今日の観点からみると差別的、不適切な表現がありますが、作品発表当時の時代的背景、作品自体のもつ文学性、また筆者がすでに故人であるという事情を鑑み、おおむね底本のとおりとしました。

説明が必要と思われる語句には、最終頁に注釈を付しました。

（編集部）

江戸川乱歩文庫
盲《もう》 獣《じゅう》
著 者 江《え》戸《ど》川《がわ》乱《らん》歩《ぽ》

2019年2月25日 初版第1刷 発行

発行所 株式会社 春陽堂書店
103-0027 東京都中央区日本橋 3-4-16
編集部 電話 03-3271-0051

発行者 伊藤良則

印刷・製本 株式会社マツモト

ISBN978-4-394-30166-0 C0193